허영만의
커피 한잔
할까요?

허영만의

커피 한잔 할까요?

허영만 글, 그림 | **이호준** 글

위즈덤하우스

박석
2대커피의 주인.
강고비에게 커피는 물론
사람의 마음을 헤아리는 법까지
가르치고 있다.

강고비
2대커피의 바리스타.
열정만으로 시작했던
커피에 대해
깊이 알아가는 중이다.

김선생
박석의 여친.

만화가 미나
이제나저제나
뜨기만을 염원하는
3류 만화가.

평론가 초이허트
카페의 운명을 좌지우지할
만한 커피 평론가.

2대커피 단골 정가원
꿈을 위해 대학 진학을
포기하고 일본 유학을 떠났다.
강고비를 짝사랑하는 중.

차례

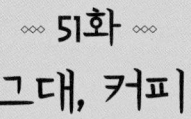

51화
그대, 커피

"든 자리는 몰라도 난 자리는 안다."

남겨진 이의 허전함은
조용히 그리고 서서히 마음에 빈 구멍을 만든다.

연재를 해도 스트레스, 안 해도 스트레스. 어휴~.

친구가 며칠 안 보이더니 전화로 하는 말이 일본 가고시마에서 단풍 보고 왔다잖아요.

내 머리 위에 바위를 얹어놓는 거예요.

누나, 가을 타나 보다.

가을보다 비행기를 타고 싶다. 고비야, 우리 가원이 보러 일본 갈래?

유혹하지 마요.

저는 하루하루가 마감이라 자리 못 떠요.

너 그러다 가원이 뺏긴다.

지 복 지가 차는 거죠, 뭐.

이 자신감은 뭐지?

커피 때문에 한눈팔 시간이 없어서 그렇지 마음만 먹으면 데이트는 식은 죽 먹기죠, 뭐.

이 허세 보라지. 네가 가원이를 더 좋아하는 것처럼 보이는데?

설마요!

계속 문자 잘만 하더만.

사생활은 지켜주십시오.

안녕.

기 이 잉

어서 오세요. 원진 형!

책 쓰느라 고생 많죠?

좋아서 하는 일인데요, 뭐.

무슨 책이에요?

바리스타와 인생 얘기입니다.

그럼 2대커피도 나오나요?

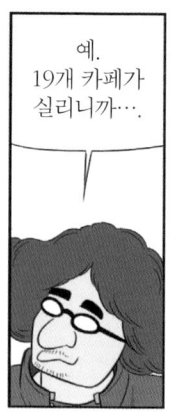

예. 19개 카페가 실리니까….

웬일로 사장님이 취재 허락을 하셨대요!

조 작가가 중학생일 때부터 맺은 인연인데 거절을 할 수 없었지.

헉! 중학생이 어떻게 커피를?

짝사랑하던 대학생 누나가 2대커피를 다녀서 쫓아왔다가 누나 대신 커피 맛에 푹 빠진 거예요.

귀여워.

그 점이 삐딱이와 다른 점이죠.

원진 형, 나이는 어리지만 경력은 초이허트보다 선배예요.

커피 블로그도 훨씬 일찍 시작했고요.

초이허트는 까다롭고 직설적이고, 조 작가는 온화하고 세심하지.

흐~ 소심하죠.

책은 언제 나오나요?

궁금해요.

커피는 언제 줘?

에고…. 우리 말만 하느라고 깜빡했네.

화제 바꿈.

내가 계산할 테니까 제일 좋은 커피로 드려!

선수 놓쳤다!

아닙니다. 늘 마시던 커피로, 그리고 계산은 내가 한다.

반듯하기도 해라.

나?

난 사윗감으로
'사 자'보다 '가 자'가
좋더라.

난 다 좋아

형, 애인 있어요.

이 세상에
쓸 만한 남자들은
다 임자가 있어.

으르릉

다음에는
여자 친구랑 와.
얼굴 잊어먹겠어.

바… 바쁜 것
같더라고요.

역시… 뭔가
이상해.

무슨 일
있어요?

아… 아니야.

늘 아이디어 구상이지.
작가들 직업병이야.

오늘은 커피보다
술 마시고 싶다.

자기야, 여기에
책을 쌓아놓으면
손님들 눈에 잘 띄겠지?

여사님 덕분에
베스트셀러
되겠습니다.

베스트셀러!
그건
내 꿈이야!

당신이 그 책
표지 모델이면
좋겠다.

띄우지 마세요.
콩 태웁니다.

하긴 잘생긴 내 남자
얼굴 팔려서
전국의 여자들이
관심 갖는 건 별로야.
호호호.

그 단행본
제목이 뭐래?

《열아홉 바리스타
카페에서 인생을
얘기하다》.

저렇게
좋으실까?

그런데
이 느낌
뭐지?

확 다가오는
외로움 같은 거….

한 달 전부터 불안 불안하더니 역시 커피 맛이 예전하고 달라졌어요.

내가 한 말 기억해? 강고비는 2대커피의 불안 요소라는 거.

정말 고비가 문제일까요?

두말하면 입 아파.

어쩌지요?

어쩌긴! '2대커피' 빼고 '열여덟'으로 제목 바꿔서 출간하는 거지.

그런데 왜 망설이는 거야?

'2대커피'를 빼면 무게감이 떨어질 것 같아서요.

우리에게 중요한 가치는 신뢰도야. 추출이 불안정한 카페를 넣으면 안 되지.

아~ 이러지도 저러지도 못하고 정말 어렵네요.

그래서 내가 애초에 강고비는 빼고 사장님한테 초점을 맞추라고 했잖아.

스승과 제자라는 콘셉트가 너무 좋잖아요.

제자는 무슨
얼어 죽을 제자!

안 되겠어요!
결정했어요!

그래. 질질 끌어봤자
네 손해야. 아무튼 그 책에서
강고비 이름이 빠진다고
하니 속이 후련하다.

아니요.
그냥 원래대로
마무리할래요.
형, 끊어요.

잠깐! 잠깐!
끊지 마!
내가 도와줄게!

어떻게요?

2대커피 추출이
불안정한지
테스트해보자.

선배는 개인적인 감정
때문에 고비 커피를
객관적으로 판단하기
어렵잖아요.

원고 작업하면서
여자 친구도 떠났는데
책이라도 제대로 내야지.

그 이야기는
왜 또 해요!

가원이는
잘 지냅니까?

너무 씩씩해서
오히려
걱정입니다.

외로우면 외롭다,
슬프면 슬프다,
표현을 해야 마음이
편안한 법인데 말이죠.

자기보다 늘
남 걱정이 먼저예요.

!

그래도
한 가지
티를 내는
것이 있는데
바로
커피예요.

2대커피
마시고
싶다고.

가원이가
제 과예요.
일편단심 과.

고비야,
가원이에게
원두 좀
보내야겠다.

전 아직
연습
중이라….

강고비!
네 커피가 아니라
2대커피가 마시고
싶다는 거야!

쾅 쾅

쾅

안녕하십니까?

기이잉

오! 평론계의
쌍두마차가 웬일인가?

후배가 고민이
있다는데
제가 가만있을 수
없었습니다.

분위기가 심각하군요.

들고 보니 카페의 자존심이 걸린 문제네요.

그러니까 책에서 2대커피를 빼겠다고 양해를 구하러 온 건가?

아직 결정한 것은 아닙니다.

형 고민이 결국 제 추출이었어요?

미안하다, 고비야. 솔직히 내 판단이 틀렸으면 좋겠어. 그래야 원래 제목대로 출간하지.

이상하네요. 단골손님 중에 제 커피 맛이 변했다고 클레임 거는 분은 단 한 분도 없었는데 말예요.

21

우리는 미세한 변화를 감지하고 판단을 내리는 전문가야!

빠져!

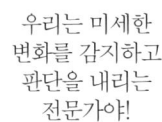

다른 카페 바리스타들 추출은 언제나 일정한가요? 아니잖아요!

물론 생두의 상황이나 로스터, 바리스타의 컨디션에 따라 차이를 보이지. 그런데 그 차이의 폭은 전부 내가 판단할 수 있는 범위 안에 있었어.

그런데 넌 좀 예외라는 거야!

데이터가 쌓일 시간이 적었고 변화를 만회할 만한 경력도 빈약해!

당신도 바리스타 경력이 긴 건 아니잖아!

그래서 나는 다른 노력을 했지. 예를 들면 자격증 획득이라든지….

또 바리스타 자격증을 말하는 거야?

적어도 큐그레이더 정도는 있어야 대화가 정상적으로 오고 가지!

큐그레이더가 뭅니까?

커피 감별사죠. 미국스페셜티 커피협회 산하 CQI에서 자격증을 발행한답니다.

CQI(Coffee Quality Institute): 테드 링글이 설립한 미국의 커피 품질 연구 기관.

국내에도 인증 캠퍼스가 있어요.

아무튼 커피 감별사는 기본적으로 커피 3대 맛인 신맛, 단맛, 짠맛의 강도를 구별하고 커피 속의 아홉 가지 향을 구분할 수 있어야 합니다.

오! 굉장히 따기 힘든 자격증인가 봐요.

꼭 그렇지만은 않아요.

내가 산지에서 생두 가격을 결정하는 사람도 아닌데 왜 그런 자격증이 필요하지?

벽에 붙여놓고 손님에게 보여주는 과시용으로?

물론 그 자격증이 있다고 누구나 스페셜티 커피 생두의 가치를 평가할 수 있는 건 아니지.

그러나 그 자격증 획득을 위해 투자하는 시간과 노력을 평가 절하해서는 안 돼! 그 과정은 커피의 변수를 제거하기 위한 또 다른 훈련이야!

그렇게 해서 난 바리스타 시절, 단기간에 나의 가치를 올리고 신뢰감을 쌓았는데 넌 무슨 노력을 했지?

잠깐!

!!

!!

큐그레이더 자격증이 없다고 고비의 추출이 불안정하다는 말에 동의할 수 없네!

틀린 말이 아니지 않습니까? 사장님이야 오랜 시간 동안 누구나 인정하는 커피 감각을 완성하셨지만 고비는 경력도 미천한 주제에 늘 스승의 그늘 뒤에 숨어 실수를 감성 운운하면서 무마하기 바쁘지 않습니까?

말이 예쁘지 않아!

난 커피의 감성을 믿지 않아!

그래서
원하는 게
뭔가?

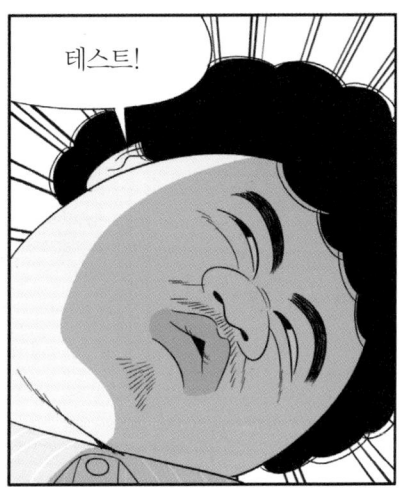

테스트!

자기야, 꼭 책에
들어가야 하는 거야?
자존심 상해서 못 들겠다!

그러면
2대커피
페이지에
고비를 빼고
사장님만
들어가면
어떨까요?

됐네! 둘 다 사양하겠네!

제가 테스트를
받겠습니다!

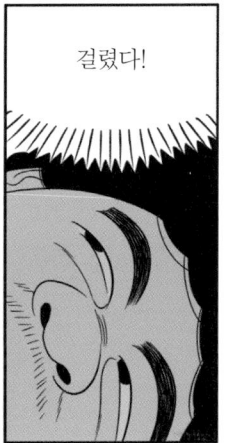

걸렸다!

그럴 필요 없어!

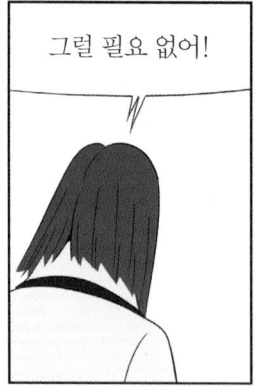

책에서 빠지면 결국 저 때문이라고 소문날 겁니다!

어떤 테스트인가?

블라인드 테스트!

맛을 본 후 산지를 맞추는 겁니다. 여섯 가지 원두를 동일한 방식의 추출로 두 번 랜덤으로 진행할 예정입니다. 그러니까 총 열두 잔을 평가하는 겁니다.

물론 추출은 고비가 하고요.

!!

비교군이 있어야 하니 카페 성이 사장님께 부탁할 겁니다.

원두 준비는?

여섯 종류 원두는 당연히 2대커피에서 준비하셔야죠.

그러면 맛은 누가 보는 거야?

접니다!

큐그레이더 자격증이 얼마나 위대한지 궁금했는데 잘됐네.

저 혼자면 객관성이 떨어질 수 있으니 박석 사장님도 함께 해주셨으면 합니다!

그런 실례가!

좋아! 하지!

그럼 일주일 후에 뵙겠습니다.

27

선배가
블라인드 테스트를
원할 줄 몰랐어요.

고비 커피에 대한
평가도 아니고
산지를 맞추는
건데, 뭘….

그래도 사장님을
끌어들인 건
너무했어요.

진짜 이유를
모르겠어?

그런데 테스트
방법이 뭐가
그리 복잡해?

예를 들어
카페 성이 사장이 내린
케냐 커피는 맞췄는데
고비 케냐 커피를
못 맞추면 결국
고비의 추출에
문제가 있다는 거지.

죄송합니다.
제가 부족해서
선생님까지
수모를 겪는군요.

내가 빠질
상황이
아니다!

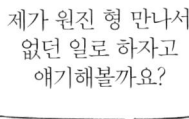

제가 원진 형 만나서 없던 일로 하자고 얘기해볼까요?

아직도 모르겠냐, 고비야.

난 삐딱이가 짜놓은 판에 일부러 들어가는 거야!

초이허트는 네 실력보다 내 미각 기능을 확인하고 싶은 거다!

무슨 말?

조 작가가 느끼는 미세한 맛의 차이가 내 로스팅에서 생기는 것일 수 있다고 가정하는 거겠지. 그러면 커핑에도 문제가 발생했을 테고….

이런 괘씸한!

내 나이가 되면 맛의 감각이 무뎌지지.

이참에 나도 한번 확인하고 싶어서 수락한 거야.

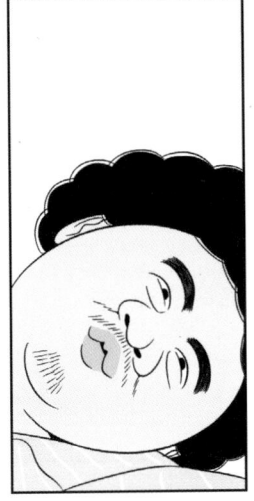

이거… 긴장감이 팽팽한데….

걱정하지 말아요. 2대커피 원두를 사용하니까 쉽게 맞추실걸, 뭐….

그것보다 저 삐딱이가 어른을 갖고 논다는 것이 화가 나.

나도.

자! 시작할까요?

이거… 살다 보니 선배님 이런 모습을 보게 될 줄이야.

어떻게
됐어요?

현재 여덟 잔째예요.
추출은 각각
두 번씩 남았고요.

초이허트 씨는
열두 잔이 한계라고
했잖아요.
그런데 동점이 되면
어떡해요?

오호~
그럼
도전 아님
기권인데….

역시 이 원두가
헷갈리는군.

정신 바짝
차리십시오.

선생님,
그 커피는 미묘한
베리 향과 쥬시한
부룬디 커피입니다.

드디어 마지막이네요.
확실히 고비가
많이 성장했어요.
추출 동작이 안정적이에요.

끝났다!

먼저
초이허트 씨.

만점입니다.
모두 맞췄어요.

삐약

뭐야? 고비 추출이
정상이라는 말이야?

이 정도 블라인드 테스트는
경력 있는 바리스타라면
누워서 떡 먹기 아니겠습니까, 사장님.

잠깐! 설마 선배가
나를 이용해서?

다음은 박석 사장님의
결과입니다.

꿀꺽

역시
부룬디 커피에서
고생하셨네요.

아~!

그 고생을 이겨내고
박석 사장님 역시
만점입니다.

삐약 삐약 !!!

척

마… 만점!

이제 연장전을 할까?

저… 전 이미
한 모금씩 열두 잔을
다 마셨는데요.

기권할 텐가?

아… 아뇨!
하겠습니다.

고비야,
가원이 아버지에게서
커피를 받아라.

예!

일본 원두일세.
호리구치 커피
원두 괜찮나?

호… 호리구치 원두라면
제 잠을 포기하더라도
맛봐야죠!

쪼르르

역시 훌륭해!

이… 이게 뭐지?
예가체프의 화사함과
케냐 커피의 단맛이
있는 것 같고…
혹시 블렌드인가….

호리구치라는 분
초이허트 씨도
거부 못할 정도로
대단한 분인가요?

미국 스페셜티 커피
감별사 중에서도
손꼽히는 분이에요.
이분이 등급을 매긴
스페셜티 커피는 고가에
거래되죠. 직접 운영하는
카페에서 볶고 추출한
오리진은 물론이고
블렌딩 수준이 최고랍니다.

대단한 분이네요.

더 대단한 건 커피 감별사 자격증이 없다는 겁니다.

으~닭살

가원이가 고비 씨 응원하려고 보낸 거구나. 아유, 예쁘기도 해라.

짝짝짝

짝짝짝

!!!!

선생님 최고!

너무 멋져! 당신은 내 남자야! 절대로 안 놔줄 거야!

아~ 천하의 초이허트가 블렌딩에서 브라질을 놓칠 줄이야~. 이런 망신이!

열세 잔째라 정신이 혼미해져서 그래요.

벌써 가슴이 벌렁거리고 살이 떨려. 난 늘 2대커피 일에 끼이기만 하면 손해를 봐.

단행본은 네가 알아서 해라. 강고비 이름 들어가면 난 안 사면 되니까.

저자 사인해서 무료로 한 권 드릴게요.

무료도 싫어!

그런데 원진 씨가 고비 추출이 변했다고 생각한 이유는 뭐였을까?

그러게. 나도 고비 추출이 변했다고 생각하지 않거든.

괜히 분란을 일으킬 형은 아닌데….

아무튼 일이 잘 해결돼서 다행이야.

선생님 저 때문에….

이제 그 얘기 그만해!

초이 놈은 생각할수록 괘씸해요.

그치 그치. 열 잔쯤 더 마시게 할걸 그랬어.

2주 후

책 나왔습니다!

와!

멋져요!

《열아홉 바리스타 카페에서 인생을 얘기하다》!

제 이름이 여기 나왔어요!

기념으로 커피 쏘겠습니다!

사장님, 마음고생하게 한 것 정말 죄송합니다.

됐어. 됐어.

내 얘기는 없어?

40

형 표정이 전 같지 않아요. 밝아졌어요.

그렇게 달라졌나?

책 나온 날인데 여자 친구랑 축하주 안 마시세요?

수요일에 만나기로 했어.

엇!

이젠 이상이 없어!

왜? 그것 때문에?

커피

윤보영

커피에
설탕을 넣고
크림을 넣었는데
맛이 싱겁네요.
아-!
그대 생각을 빠뜨렸군요.

◇◇◇ 52화 ◇◇◇
컵의 온기

찬아, 엄마는?

오케이.
들어간다.

텅

부웅

탁

탁

탁

찬아, 아빠
왔다! 엄마
오기 전에
빨리···.

덜컹

캠핑요리Set

!!!

찬이, 너…!

난 몰라!
전화할 때는
엄마 없었어!

그게 뭐야?

즉석 요리….
요새 지진 때문에
불안해서 우리 가족
비상식량으로
주문한
거야.

그럴 거면 아예
캠핑장에서 살아!

찬이 아빠, 안녕하세요.

아 명진 아빠, 어디 가시나 봐요?

캠핑 갑니다.

와!

찬이 아빠도 캠핑하시잖아요?

예. 시간 날 때마다 가죠.

이번 주에는 프로그램 촬영이 있어서 못 갑니다.

그럼 찬이만 우리랑 같이 가면 안 돼요?

에~ 갑자기 어떻게?

캠핑 트레일러를 장만해서 같이 가면 우리 아이도 재미있어 할 텐데⋯. 그럼 다음 주에 같이 가시죠.

트레일러!

그런데 당신, 이 맛없는 커피 어디서 샀어?

저기 새로 생긴 카페.

뭐야? 건너편 카페에 다녀오라고 했잖아!

그냥 마셔. 커피가 다 거기서 거기지.

뭐 해? 언니.

내가 이 베란다를 보면 속이 터져요! 싹 갖다 버리든가 해야지!

베란다뿐인 줄 알아?
온 집 안이
캠핑용품이야!

와~ 형부
생각보다 심하시네.

가뜩이나 좁은 집에
이렇게 대책 없이
쌓아두면 어째!

어제오늘
일도 아닌데
뭘 그래.

뻥

어제도
나 몰래
사오다가
들켰잖아.

ㅎ.ㅎ. 형부
귀여운 면이
있다니까.

언니도 가끔
가잖아.

내가 뭐
좋아서 가냐.
찬이가
가자고
하니까
끌려가는
거지.

프러포즈 받았다면서?

엄마는 그사이를 못 참고 연락을 했네.

그 사람 이름이… 창… 창호 씨?

아직 이름도 못 외우면 어떡해?

너도 내 나이 돼봐.

주민등록번호 외우는 데 3년 걸려.

아무튼 의외야.

세상에서 지가 제일 예쁘고 잘났다고 생각하던 내 동생이 그런 평범한 사람과 결혼을 하다니.

나한테는 특별한 사람이야.

그때는 뭐 안 그랬냐? 넌 어쩌면 사람을 극과 극으로 사귀니?

내가 전 남자 친구한테 받은 상처 때문에 창호 씨랑 결혼한다고 생각하는 거야?

정말 이 사람이라는
확신이 들었으면
할 말 없고.

창호 씨 따뜻한
사람이야.
난 그걸로 족해.

따뜻해?
어떤 의미야?

오늘은 웬일로
혼자세요?

여기서 만나기로 했어.
조카랑 같이 올 거야.

형부는 촬영 가고
언니는 동창 모임이 있대.

조카한테 점수
딸 기회네요.

뭘… 있는 그대로
보여주는 거지.

아직도 형님이
서진 누나랑 결혼한다는
것이 믿기지 않아요.

그렇지.
서진 씨 학벌, 집안,
경력, 미모 생각하면
나도 믿기지 않아.

나도 믿기지 않아요.
달라도 너무 달라.

서로 다르면
잘 산다고 하잖아.

뭘 안다고?

푸하하

한집에 같이 살면서
커피를 함께 마실 수 있다니
얼마나 좋은지 몰라요.

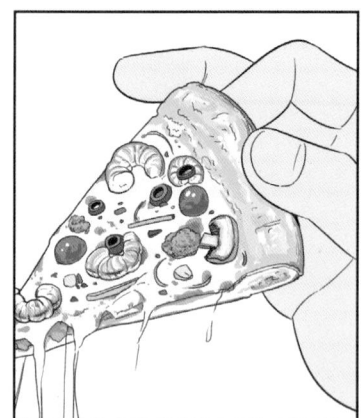

텁

이모도 참…

후후.

뽁

캠핑 좋아하세요?

아니. 나는 집에서
뒹굴뒹굴하는 걸
좋아해.

쪽
쪽

이모랑 싸울 일은
없겠네요.

캠핑 때문에 엄마, 아빠 많이 싸워?

응.

하긴 아빠 장비가 많긴 하더라.

이모, 아무것도 모르는구나. 명진이 아빠에 비하면 아무것도 아니야.

명진이네는 집이 커서 장비도 더 많아.

그리고 엄청 비싼 거래. 캠핑장 가면 다 놀래.

텐트 하나에 300만 원이 넘는 것도 있어.

캠핑 갈 때마다 명진이 아빠 장비 좋다고 부러워했더니 아빠가 지기 싫어서 사나 봐.

그런데 자꾸 엄마하고 싸우니까 슬퍼.

찬이는 잘못한 것 없어. 애도 아니고 형부 참 유치하네.

우리 그렇게 유치하지 않아, 이모.

캠핑 좋아하는
내 친구 말 들으니까
옆에서 좋은 걸 갖고 오면
은근히 경쟁심이 생긴대.

쪽 쪽

아빠가
불쌍하기도 해.

한 번도
명진이 아빠를
이겨본 적이
없거든.
아파트도 작고
차도 나쁘고
월급도 적고.

아빠가 캠핑으로
한번 이기게 해줄까?

정말요? 형은 캠핑
싫어한댔잖아요?

싫어하는 게 아니라
귀찮은 거지만
이모랑 함께라면
어디든지 갈 수 있어.

무리하지 말아요.
언니가 가뜩이나
캠핑 싫어하는데….

캠핑장비도 없으면서
어떻게 이기게?

게임을
생각해보자.

게임에서 악당을 무찌를 때 어떻게 하지?

캐릭터를 강하게 키우거나 아주 센 무기를 구해야지요.

무기가 약하면?

아무리 강한 악당이라도 약점이 있으니까 그걸 공략해야지요.

바로 그거야. 우리도 약점을 노려야 해.

어차피 장비는 안 되고… 어떤 약점이 있을까? 혹시 요리?

명진 아빠는 바비큐 달인이에요. 대회에서 상도 받았어요.

정말 강적이네.

창호 씨, 여기서 이러지 말고 커피 한잔 하면서 이야기해요.

그럽시다.

이모 어딜 가? 여기도 커피 있는데.

커피라고
다 똑같은
커피가 아니다.

이럴 때
명진 아빠가 하는
말이 있어.

커피가 다
거기서 거기지.

!

엄마가 캠핑 싫어하는 거
알면서 왜 자꾸 이래?

아이들이
열 살이 넘으면
부모들이랑
같이 다니는 거
싫어한대.

나도 엄마, 아빠랑
같이 다니는 거
얼마 안 남았어.
그래도 안 가?

!!!

찬이 아빠, 이번 주말에 촬영 없다고 했지?

응.

그럼 캠핑 갈까?

놀랄 일이네.

나 캠핑 끊었어.

삐끽

무슨 소리야?

욕먹으면서까지 다니긴 싫어.

삐끽

나도 아빠랑 캠핑 가는 거 몇 번 안 남았어!

!

찬아, 그동안 캠핑장에 SUV가 아니라 승용차 끌고 가서 미안했다. 가난한 아빠를 용서해다오.

왜 오늘은 UFC 안 하지?

결국 차 바꾸자는 얘기였네!

쯧. 저렇게 계산을 못 해!

내가 계산을 못 해? 맨날 캠핑용품 사오는 사람은 계산 잘하고?

그러니까 안 간다잖아!

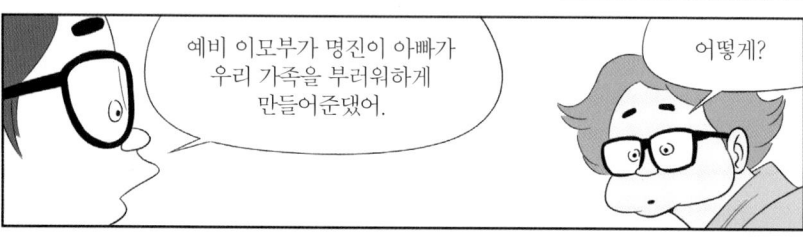

예비 이모부가 명진이 아빠가 우리 가족을 부러워하게 만들어준댔어.

어떻게?

노들공원 캠핑장

처음 뵙겠습니다. 서창호입니다.

흐흐. 이런 데서 인사하는군요. 말씀 많이 들었습니다.

처제,
캠핑장비는?

이것뿐입니다.

에?

캠핑장비도 없이
그 강적의 기를
꺾겠다는 거야?

강적의 허점을
찾았습니다.

뭘 도와드릴까요?

팩 좀 가져와요.

형
밟지마요

팩?
백이요?

텐트를
땅에 고정할
큰 못이요.

스트링 잡아주고.

스트링….

텐트 줄!

아!

별 쓸모가
없구먼.

여기 계셨네요.

위치가 4B 쪽이라고 하셔서
그 옆에 자리 잡았는데.

중복 예약이라
양보했습니다.

서울에도 이런 곳이
있는 줄 몰랐네.

너무 좋아요,
창호 씨.

한적한 시골에 온
기분이에요.
갑자기 커피가
마시고 싶어요.

효과의 극대화를 위해
내일까지 참읍시다.

우리도
아이 낳으면
이렇게 캠핑
다니자고요.

아잉~
몰라.

팡 팡 팡

고기에다 회까지
진수성찬이네.

진수성찬
얼어 죽겠다. 메뉴는
고기 아니면 라면.
맨날 똑같아.

회는 술 한잔
하려고
이때다 싶어
사온 거지, 뭐….

언니!

그래서 당신은
안 마실 거야?

터텅

찬이
재워놓고….

풋.

찬아, 밥 먹자!

명진네 트레일러 오븐에서
피자 구워 먹는대.

!

뭐… 이런 데까지 와서 피자를….

이봐, 예비! 술 따라 봐!

옛!

우리 처제 잘 모시고 살아야 해!

예. 형님! 명심하겠습니다.

훈련 잘시켜요

호호호. 형님 소리가 자연스레 나오네요.

한 잔 더 해!

전 내일의 거사를 위해 여기서 끝내겠습니다.

거사? 됐어. 신경 꺼!

어차피 내 벌이로는 넘지 못할 산이야!

아이들이 출출하다고 해서 컵케이크를 구웠는데 드셔보시지요.

아, 예.
감사합니다.

음식물 쓰레기
적당히 만듭시다!
지구를 아껴야 캠핑도
계속할 수 있어요!

조용!

죄송합니다.
찬이 때문에 많이
귀찮으시죠?

아뇨. 명진이도
심심해하지 않고
잘 노는데요, 뭘.

왜 그렇게
사람을 대해?

내가 뭘….

명진이가
며느리가 되면 혼수로
캠핑장비 해오라고
해야겠다, 히히히.

뭐가
재미나!

드르르르

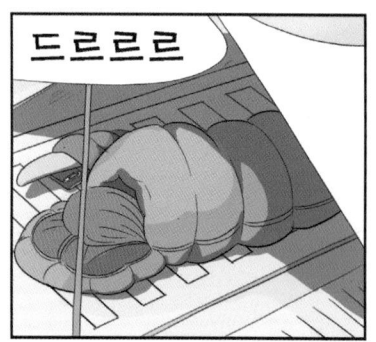

드르르르

어~ 추워.
벌써
일어났어요?

서진 씨,
굿모닝.

드르르르

나도 일어났어.
아~ 속 쓰려.

조금만 기다리세요.
해장 커피
준비 중입니다.

와… 형, 커피 프로야?

오! 이 향기!

커피 한잔 하실래요?

정말요?

캠핑장에서 드립 커피 마시고 싶었는데 부탁합니다.

출발이 좋아요. 성공할 것 같은데요.

실패해도 괜찮아요. 이런 분위기에서 서진 씨랑 커피를 마신다는 것만으로도 대만족!

오늘 아침은
아메리칸 블랙퍼스트.

계란프라이는
서니사이드업!

명진아, 가서
찬이 불러와라.
보나 마나 컵라면
먹일 거야~ 쯧쯧.

예.

어!

여보, 찬이네
무슨 일 났나 봐.
사람들이 여럿 모였어.

어?
그건 뭐냐?

커피.

찬이 아빠가
엄마, 아빠 드리랬어.

찬이는?

지금 커피 만들어서
사람들한테
돌리느라 바빠.

이거 뭐야!
뭐가 이렇게 맛있어!!

!

어머! 이건 사이폰하고
비슷하네요.

같은
원리입니다.

커피 색을 보면서
농도 조절을 할 수 있게
뚜껑이 유리로 되어 있죠.

퍼콜레이터 커피, 괜찮네.

남이 내려주니까 괜찮지. 이거 귀찮아서 못한다.

콜록

요샌 드립백도 품질이 훌륭해서 굳이 이렇게 안 하셔도 됩니다.

퍼콜레이터: 전기 커피 메이커. 뜨거운 물이 관을 통해 여러 번 커피 분말을 통과하면서 커피를 만든다.

캠핑장에서 모닝 커피 맛있게 드시려면 이 방법이 좋긴 하죠.

이리 오세요! 커피 많이 있습니다!

아이고, 찬이 아빠 신났네. 저럴 때는 아들이 둘 같다니까.

홋. 보기 좋잖아. 동서들끼리.

그나저나 창호 씨 점점 괜찮아 보인다야.

그렇지?

저, 찬이 아빠.

아, 명진 어머니.

라테도 가능한가요?

물론이죠! 여기 라테 한 잔 주문 있습니다~.

어머! 에스프레소가 가능하대!

에스프레소 용으로 갈아온 원두를 넣고

뜨거운 물을 붓고 탬핑한 원두를 넣고 손으로 펌핑!

와아

짝짝짝

71

캠핑 와서 이렇게
맛있는 라테를
마시니까 너무 좋다.

앞으로 모닝 커피는
제가 책임질 테니까
자주 놀러 오세요!

재미있니?

너도 해볼래?
게임보다 훨씬
재미나!

두 분께
죄송합니다.
손님들
접대하느라
커피가
늦었네요.

티타늄 더블월 머그잔,
커피를 빨리 식지 않게
하는 컵이죠.

으음~ 역시.

언니, 아직도 내가 창호 씨를
사랑하는 게 미덥지 않아?

컵을 이렇게
잡아봐.

창호 씨는 이런 온기를
지닌 사람이야.

두 손에 전해지는 커피 잔의 따스함은
사랑과 평화의 온도.

∞ 53화 ∞
커피 트럭 풍만

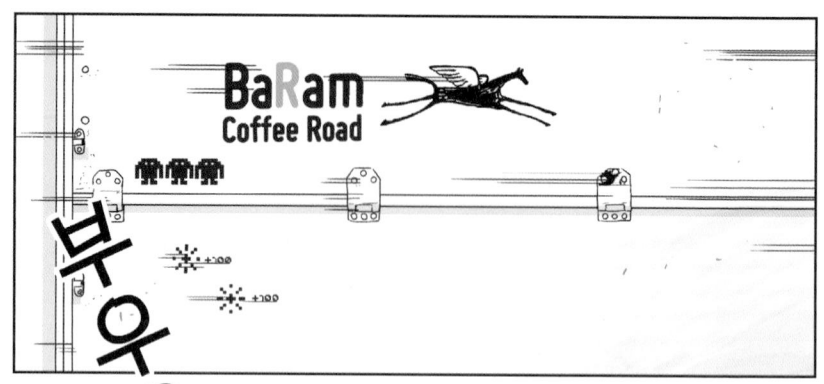

내 이름은 이담.
커피로 밥 벌어먹는다.
내 카페는 트럭이고,
손님은 대한민국
전역에 있다.

으음!

이거 맛있는데!
누가 내린 커피냐!
당근 나지!
풍만의 주인이지!

나는 길 위의
로스터이자
바리스타다.
길 위에서 생두를 볶고
커피를 내려 마신다.

이것 봐!
커피 트럭이다!

OFEE

부우웅

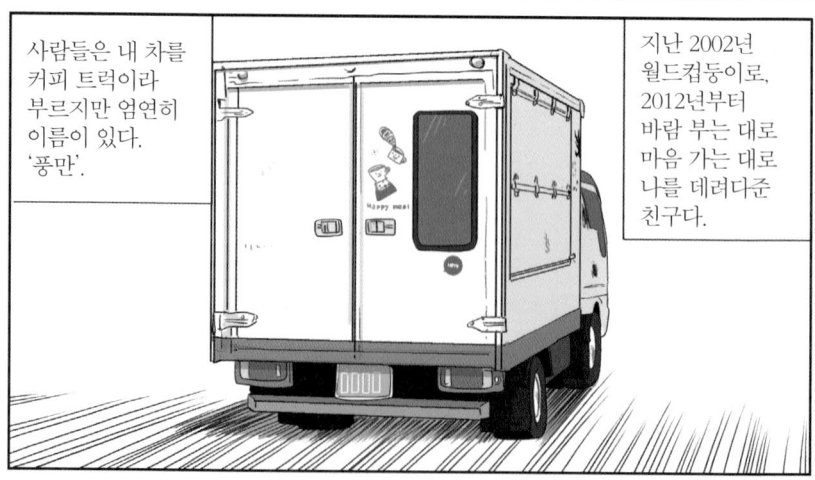

사람들은 내 차를
커피 트럭이라
부르지만 엄연히
이름이 있다.
'풍만'.

지난 2002년
월드컵둥이로,
2012년부터
바람 부는 대로
마음 가는 대로
나를 데려다준
친구다.

풍만아,
올해도 고생 많았지!
이제 고향 제주도로
돌아갈 시간이다!
마지막까지 잘 부탁한다!

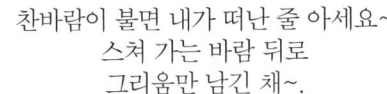

찬바람이 불면 내가 떠난 줄 아세요~
스쳐 가는 바람 뒤로
그리움만 남긴 채~.

덜덜덜

억! 갑자기
왜 이래?

어억!

끼 끼 끼

텅

덜컥

어휴~.
십년감수했다.

여보세요.
예예, 알겠습니다.
기다리죠.

다친 데는 없어?

다행히 큰일 나기
전에 섰네요.

이게 말로만 듣던
커피 트럭이야?
정말 이 안에서
커피를 내려?
물은 어디서 구해?
전기는?

견인 오려면 20분 정도
걸린다니까 그동안
구경시켜드릴까요?

응.

덜컹

아고~ 짐이 많네.

폐지는 없나?

커피는 있어요.

커피 좋아하세요?
한잔 드릴까요?

응.

드
르
륵

허헛. 좁은 데서
다 되니까
정말 신기하네.

저에게는 세상에서 가장 넓은
공간입니다.

맛있게 드세요.

날이 쌀쌀해서
한기가 들었는데
아주 딱이야.

윽! 너무 시큼해.

저도 커피
한 잔 주세요.

저도
아메리카노.

여기 있습니다.

당신 지금 여기서
뭐 하는 거야!

남의 가게 앞에서 영업을 하다니…. 사람이 왜 이리 경우가 없어!

앗! 죄송합니다!

원래 커피를 팔려고 한 것은 아니었고….

차가 고장 나서 지금 출발할 수가 없습니다.

일부러 고장 난 척하는 거 알아! 빨리 치워!

콱

시끄러워서 커피 맛을 느낄 수 없네.

할머니는 좀 빠지세요!

며칠 전에 유통 기한 지난 우유 썼지?

누가 빠질까?

이… 이 할머니 큰일 날 소리 하고 있네! 증거 있어요?

샥

중앙일보
The Korea Daily

나 이런 것 취급하는 사람이야!

푸웃!

하여간 영업하지 말고 빨리 치워요!

예예. 10분이면 가능합니다.

아, 죄송!

부우웅

수족을 잃었는데 이젠 뭐 해?

운전을 안 해도 되니까 술이나 마실까아. 남의 커피를 마실까아.

술은 모르겠고 커피 마시려면 2대커피가 괜찮아.

맞다. 근처에 2대커피가 있었지.

할머니 은근 고수네요. 2대커피를 다 아시고.

고수는 무슨 고수. 재활용 컵이 가장 많이 나와서 아는 거지.

오늘은 양순이 엄마가 선수를 쳤나, 제대로 된 박스 하나 없어.

수리는 얼마나 걸린대?

전화 준다고 했습니다.

풍만이가 사고 쳐서 자네 얼굴 보니 좋네.

크

맞아요. 형님 얼굴 본 지 6개월쯤 됐나…. 바람처럼 종잡을 수가 없으니….

그래서 내 별명이 바람 커피잖아.

부르르

예. 크랭크축하고 또 수리비는? 알겠습니다. 어쩔 수 없죠. 잘 부탁합니다. 그 차 앞으로 10년은 더 써야 해요.

5일 걸린다네.

틱

고비야, 근처에 찜질방 어디 있지?

찜질방에서 지내시게요?

그러지 말고
제 방으로 가요, 형님.
지방 카페들 소식 좀
듣게요.

그렇게 해. 풍만이도
치료 중인데 고비
방에서 편히 쉬어.

못 이기는 척
하겠습니다.

나 먼저 간다.

예. 내일 뵙겠습니다,
선생님.

수리비가
500만 원인데
수중에 있는 돈은
320만 원… 모자라는
200만 원을
어디서 구하나?

수길이는 한 번 빌렸고
산이는 사정 뻔하고… 쩝.

무슨 고민
있으세요?

고민은 무슨…
네 로스팅
고민만 하겠냐?

맞아요. 실력이
안 늘어서 고민이에요.

로스팅이 하루아침에
뚝딱 되는 게 아니잖아.

형님처럼
해야 하는데 영~.

나야 작은 통돌이로
콩 볶는 사람인데
비교할 걸 비교해라.

암튼 내일 그 커피
맛 좀 보자.

선생님께서 잘못
로스팅된 건
다 버리시니까
맛볼 수가 없어요.

아아, 잘못 구워진
도자기처럼 미련 없이
버리는구나.

저는 언제 직접 볶은 원두를 손님들께 내려드릴 수 있을까요?

오르고 또 오르면 못 오를 리 없건마는….

볶고 또 볶으면 그런 날이 올 거다.

그래요! 내일 일은 내일 걱정하겠습니다! 오늘은 시원하게 생맥주 한잔 하시죠!

아이고, 아직도 정신이 없구나.

술엔 장사 없어.

안녕하세요. 여기서 또 뵙네요, 할머니.

차는?

금방 고친다고 연락 왔습니다.

수리비는 있고?

예. 그 정도 벌이는 합니다.

굶지 않을 정도로 버나 보네.

저는 소규모 모임이나 행사 이벤트 위주로 움직여서 얼마 못 벌어요.

자리다툼하기도 싫고 그냥 커피 팔고 여행하면서 생활하는 거죠.

노느니 염불이여?

자리다툼할 정도로 커피 트럭이 많아?

제가 처음 시작할 때는 거의 없었는데 요새는 꽤 돼요.

CF 출연한 분도 있고 돈 벌어서 카페 차린 분도 있어요.

정말?

언론에 노출이 돼서 그런가 요새는 찾는 곳이 더 많아졌어요.

그거 하는 데 돈 많이 드나?

하기 나름이죠. 저는 중고로 마련해서 큰돈 들지 않았어요.

그런데 커피를 좀 알아야 해요.

그게 어렵다고 하던데….

에이~ 어렵지 않아요. 볶는 것이 어려운데 그거야 천천히 배우면 되고 원두는 공급받으면 돼요.

누구나 기본만 익히면 시작할 수 있어요.

…

할머니는 이렇게 폐지 모으면 얼마나 버세요?

왜? 조수로 들어오게?

으아암.
할머니, 밥~.

!

지금 목구멍으로
밥이 넘어가냐! 넘어가!

조금만
기다리라니까!
내가 돈 많이 벌어서
호강시켜준다고.

PIRAT

주둥이는 살아가지고…
쯧쯧.

할머니, 요새
수영 식당 어때?

뭐가?

이제는 반찬 재사용 안 해?

한참 방송에서 떠들 때는
김치 통이며 박스며 자주
나왔는데 요새는
또 한가하더라.

음… 수상하네.

상 차려놨으니까 찌개만 데워 먹어.

응.

누굴 닮아 저렇게 허약하고 게으를까. 도대체 언제 정신 차릴는지….

전 이만 갈게요.

큰길 건너 해장국집이 하나 있어. 거기 선지가 좋아.

할머니는 어쩌면 그렇게 잘 아세요?

이런 일하다 보면 동네 사정을 훤히 꿰뚫게 돼.

턱

음식 글 쓰는 사람도 나한테 물어온다니까.

영업 정지 먹게 생겼어.

무슨 일인데요?

유통 기한 이틀 지난 우유 썼다고 신고가 들어왔대.

깜빡하고 못 버린 거지. 쓴 적은 없는데….

그걸 몇 번이고 그랬으니 의심 살 만하지.

솔직히 그거 먹는다고 죽는 건 아니잖아요.

암튼 신고한 놈 걸리기만 하면 그냥!

까득

사장님도 식파라치들 조심하세요.

안녕!

아! 담 형님 어서 오세요.

해장은
하셨어요?

응. 아주
제대로.

당신 어저께
트럭에서 커피 팔던….

이제 알겠다!
너지!

억! 뭐가요?

턱

바른대로
말해!

이 손
놓으시고….

내가 쫓아낸 것
때문에 네가
신고했잖아!

하여간 길거리에서
세금도 안 내고
장사하는 놈들은
근본이 없다니까!

말이 심해!

젊은 사람이 정정당당하게 살아야지! 남의 실수를 물고 늘어지면 안 된단 말이야!

저는 할머니 말만 들었을 뿐 실제 우유 팩은 보지도 못했습니다.

그럼 이 할망구가!

이놈아, 네가 이 동네에서 쫓겨나려고 발악을 하는구나!

악!

악!

우유 말고 저번에 슈퍼하고 막걸리 집도 네가 신고했지? 그렇게 남의 등쳐 먹고 살라고 누가 가르쳤어!

악!

그게 뭐 등쳐 먹는 거야! 할머니는 동네를 깨끗이 치워서 돈 벌고, 손자는 동네 위생을 책임져서 돈 버는 건데!

거기 서!

아이고, 아야. 용돈도 많이 안 주면서… 내가 벌어서 쓰는데 왜 그래?

손자 때문에 자네가 곤욕을 치렀구먼.

저야 뭐…. 할머니 속 많이 상하셨겠어요.

불쌍한 아이야. 어려서 교통사고로 부모를 여의고 늘 혼자 지냈어.

응석 한번 부리지 못하고 사랑 한번 제대로 못 받아봐서 그런지 학교생활도 사회생활도 영 낯설어 하누만.

걱정 많으시겠어요.

그래서 말이야. 내, 부탁 하나 할게.

손주 새끼 수업료야.

예?

커피 만드는 법 좀
가르쳐줘.

이거 도로
넣으세요.

어차피
갖고 있으면
손자한테
뺏길 게 뻔해.

텁

내가 죽으면
외톨이가 될 텐데
자네처럼 사는 것도
나쁠 것 같지 않아.

좋은 경치 보고
사람들 만나고
그러다 인연이 닿으면
색시도 만나고
알뜰살뜰 살다 보면
번듯한 카페를
차릴지도 모르잖아.

할머니, 저는 누구 가르칠
실력이 안 됩니다.

폐지랑 재활용품 팔아서 챙긴 200만 원이야.
부족하면 죽는 순간까지 폐지 주워
갚을 테니까 부탁 좀 할게. 응?

아, 예. 수리비 걱정하지 마시고 확실하게 고쳐주세요.

오! 그거구먼!

!

고물차 수리비 때문에 우리 할머니 피 묻은 돈을 날름하셨나?

그 돈 다시 뱉어!

못 주겠는데.

사기꾼으로 콩밥 먹어야 정신 차리지. 빨리 돈 내놔!

뭐 하게? 게임하게? 술 마시게?

못 줘!

이게 정말 사람 데리고 노네!

암튼 난 커피 배우기 싫으니까 돈 내놔!

할머니랑 같이 오면 돌려주지.

알았어. 나중에 후회하지 마라.

또 실패냐?

손님들한테 내놓을 수준이 아녜요.

조금 남겨. 맛 좀 보게.

또 창피당하기 싫어요.

걱정하지 마. 내가 너 기죽이겠냐?

알았어요.

어때요? 별로죠?

별로는 맞다. 그렇다고 아주 나쁜 건 아닌데.

위로는 필요 없어요. 버리고 올게요.

턱

팔지 못할 원두 매장에 두면 선생님께 혼나요.

딱 걸렸어!

오해하지 말아요. 지금 갖다 버리려고 했어요.

유통 기한 지난 음식, 냉장고에 둔 주인들도 다 그렇게 애기하더라.

지금 돈 내놓으면 없던 일로 할게!

싫어!

여기 사장님이 대쪽 같은 분이라 들었는데 당신은 선배 잘못 만나서 카페에서 잘리겠네.

기 이 잉

여기 커피 주세요.

오늘 특별한 원두가 있는데 그걸로 드릴까요?

좋아요.

형님, 어쩌려고?

이걸 내릴 거다.

아이고. 난 이제 죽었다….

나야 고맙지. 못 먹는 원두를 손님한테 파는 현장까지 보여주고….

커피
나왔습니다.

찰칵

얼마죠?

그보다….

커피는 어떠셨어요?

덕분에 데이트도
잘하고 아주 좋았어요.

말도 안 돼!

너도
마셔볼래?

상한 커피는
아니니까 안심해.

원래 맛없는 커피가 회의의
집중도를 높여주는 법이지.

어쨌든
돈 안 내놓으면
여기서
안 나갈 테니까
알아서 해!

덜컥

난 할머니에게
200만 원 받을 수 있는
기술이 있지만
너는 뭐지?
난 가난하지만 불평은
하지 않아!

돈을 벌려면
정당하게 벌어!
가난해도 얼마든지
인생을 즐길 수 있어!

가끔 200만 원짜리
커피를 마실 수 있는
행운도 찾아온다고!

쟤가 마신
커피 값이야!
200만 원!

다음 날

나 바쁜 사람이야.
어서 결정해.

200만 원짜리
커피를 마신
특급 손님한테
서비스 차원에서
공짜 커피 수업
해준다는데
어떻게 할 건데?

이 세상에 200만 원짜리 커피가
어디 있어요! 이건 사기예요!

내 제자에게
큰 깨달음을 준
커피인데
그 정도는
받아야지.

메뉴에도
없는 커피를….
말도 안 돼!

수업 열심히 들으면
200만 원 돌려줄
수도 있어.

정말?

나 같으면 수업 듣고
200만 원 받겠다.

에잇~.

뻑

뻑

뭐가 이렇게
안 갈려!

기계로 갈면
안 돼?

약배전이니까
잘 갈릴 리 없지.

그 원두는
손으로 갈아야
맛이 나는 거야.

자기도
이런 것 했어?

다섯 가마는
갈았을걸.

끄아아~.

이담이는
제주도로
가고 있대.

차 수리비는
어떻게
마련했대요?

거절했던 행사
몇 개 더 잡으면서
선불로 받았다더라.

잘됐네요.

앞으로는
조금 부족하게
볶은 원두도
버리지 말고
다른 용도로
사용해보자.

부우웅

오! 이거 맛있는데!
누가 내린 커피냐!
당근 나지!
바람의 커피
풍만의 주인!

커피는 참 좋다.
나 같은 가난한 사람이 볶고 내려도
맛있는 커피가 나오니까.

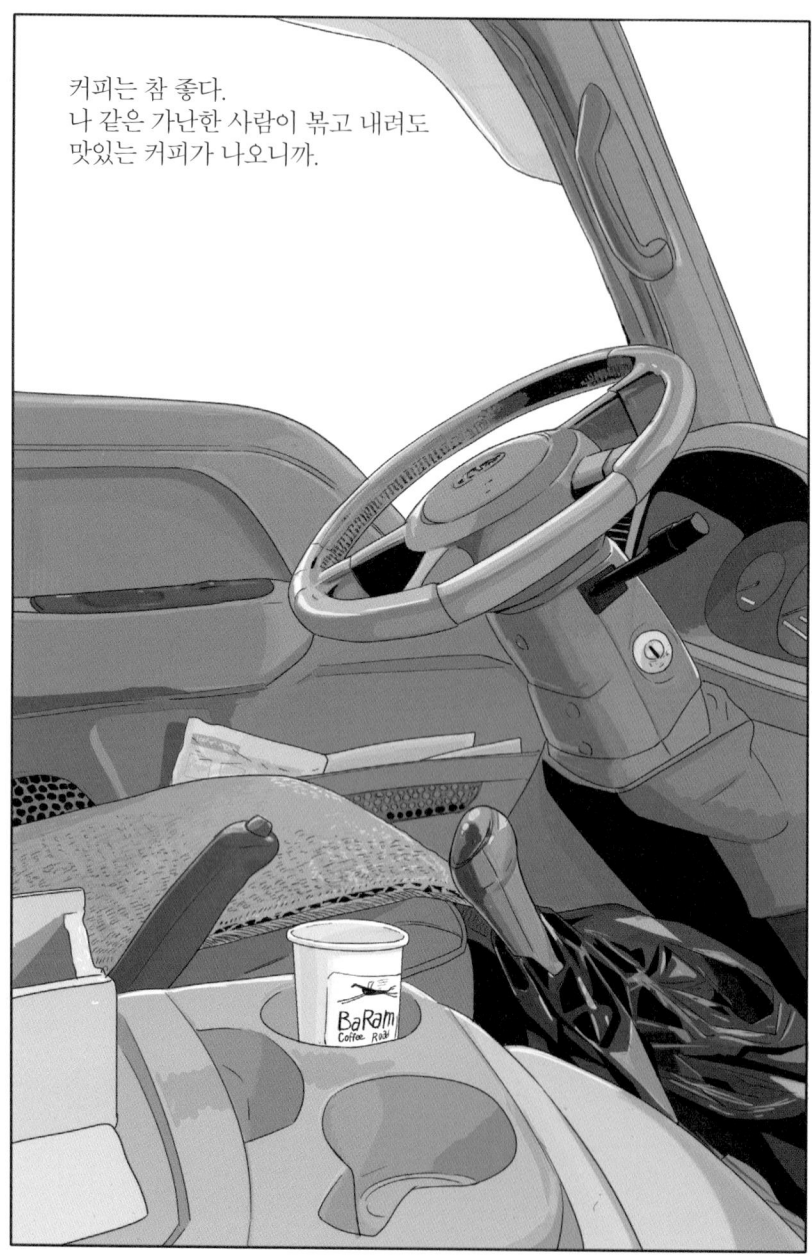

∞ 54화 ∞
주말 풍경

삐리리리

삐리리리

벌떡

자기야,
어서 일어나!

몇 신데?

주말이라 조금만
늦어도 길 막혀.

어딜 가는데?

오늘은 시리도록 푸른
겨울 바다를 보여줄게.

아아암~. 졸려.
2대커피
들렀다 가자.

마침 나도 커피 고팠는데 역시 우리는 천생연분이야.

짝

수고하세요.

어디로 간대?

강릉인가 봐. 바다 보고 순두부 먹고 온대요.

지난주에는 수목원 갔다 오더니 좋을 때다. 에휴.

한숨은….

벌써 12월인데 누군 남편 잘 만나 매주 데이트 다니고 누군 맨날 카페 벽만 보고 있고….

그 레퍼토리 신형으로 바꿔봐.

저도 좀 식상해요.

고비도
내 나이 돼봐.
한 달이 하루처럼,
일 년이 한 달처럼
간다고.

하고 싶은 일은
많은데 삭막한
늦가을 벌판에
혼자 서 있는
기분 드는 거,
이해가 돼?

20대는 20킬로미터,
30대는 30킬로미터,
40대는 50킬로미터,
50대는 70킬로미터,
60대는 90킬로미터, 나이대로
시간이 빨리 지나간다지 않소.
받아들여야지.

푸슈우우.
김빠지는 소리.

그래서 섭섭하지 않게
마지막 달은 늘
이벤트로 마무리하는 거
아니겠습니까?

이번엔 뭘
준비하는데?

올해는 유독 마음을
무겁게 하는 일들이
많았으니까
요란한 이벤트보다….

예? 저보고
2대커피의 부족한
점을 파악하고
보완책을 제안하라는
말씀이세요?

연말 이벤트로 건조하긴 하지만 틀린 이야기는 아니네.

우리 2대커피에서 고칠 게 뭐가 있다고요. 너무 어려운 미션이에요.

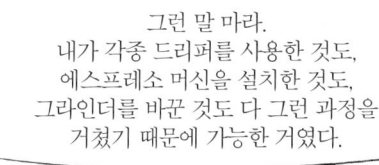

그런 말 마라. 내가 각종 드리퍼를 사용한 것도, 에스프레소 머신을 설치한 것도, 그라인더를 바꾼 것도 다 그런 과정을 거쳤기 때문에 가능한 거였다.

에스프레소 머신은 내 말 듣기 잘한 거지?

응.

그리고 보니 한동안 변화가 없었어. 고비 같은 젊은 세대 의견이 이 공간에 활력을 줄 거야.

너도 그동안 일하면서 느꼈던 점이 있었을 것 아니냐.

느꼈던 점 없습니다.

그럼 아무 생각 없이 일했다는 거냐?

이번 이벤트는
고비 하기에 달렸어.

광고비,
파이팅.

부담스러운
임무를 받았어요.

그래서
포기할 거야?

그런 건 아니고
고민해봐야죠.

손님들한테
물어봐라.

누님이 보기에
2대커피에
부족한 점은요?

나야 대만족이지.

이렇게 훌륭한 카페가
작업실 바로 코앞인데
아쉬울 게 뭐 있어?
존재만으로도 감사하지.

찰

무슨
소리야?

차에 모기가
있네.

겨울에
무슨 모기….
여긴 어디야?
어머, 아직
서울 외곽이네.

앞에 사고가 났나 봐.
걱정하지 말고 더 자.
내일 아침에 출근
하려면 힘들잖아.

117

아무래도 오늘 너무 멀리 갔나 보다.

나는 좋았는데 자기는 별로였나 보네.

우리 다음 주에는 집에서 좀 쉴래?

이미 영화 표 예약해놨어. 영화 보고 쇼핑하고 밥 먹자.

자기, 피곤하지 않아?

결혼 전에 약속했잖아. 늘 연애하는 마음으로 살겠다고.

…

으아아아.

어제 못 쉬었나 봐?

앗! 아닙니다.

월간 보고서는?

거의 다 됐습니다.

여긴 회사야. 신혼 티 내는 곳이 아니라고.

너 요새 왜 그래?

뭘?

동료들의 축하는 결혼식 당일뿐이야. 부장님 말씀이 맞아. 티 내지 마.

나도 알아.

아는 애가 좀비처럼 축 처져 다니냐?

집에서 제대로
쉬질 못해서 그래.

매일 밤?

그런 게
아니야!

3개월이 지났는데
아직도 짐 정리
중이야?

남편이 주말마다
데이트하자고 해서….

염장을 질러라!

북

북

여자는 결혼하면 더
열심히 일해야 해.
집에서 살림이나
하라는 말 안 들으려면
정신 똑바로 차려!

♬ ♪

으응. 자기야,
나 오늘 야근….
아니… 기다리지 말고
그냥 먼저 들어가.

이래서 결혼하나 봐.
나는 5일을 야근해도
전화 한 통이 없어.

글쎄… 커피 값이 조금 센 것 말고는 다 좋죠, 뭐.

주차 공간이 없어서 불편해.

조용히 커피 마시고 싶은데 손님이 너무 많아.

그라인더 소리가 너무 커서 공부를 할 수가 없어요.

카페에서 그라인더 소리는 빠질 수 없는 건데요.

암튼 조심하라고요.

좌석이 적어서 아쉬워요.

일본처럼 한자리에서 100년 이상 영업하는 카페가 되었으면 좋겠어요.

그러지 말고 설문지를 만들어서 손님들한테 돌리세요.

직접적으로 묻는 것보다 효과적일 겁니다.

아! 그런 방법이 있었네요.

오래 기다렸네.

이렇게 같이 들어가니까 좋지?

다음부터는 기다리지 말고 집에서 쉬고 있어. 미안하잖아.

난 한결같은 사람이야. 약속은 지켜야지.

저녁은?

빨리 오느라고 못 먹었어.

잘 됐다. 내가 집에 가서 카레 해줄게. 장 보고 가자.

자기야.

왜?

그냥 푹 쓰러져 자고 싶다.

이벤트 준비는 차질 없이 준비되고 있지?

예. 참여율이 높아요.

이틀 정도 더 받고 마감하겠습니다.

아~ 이거야! 오래간만에 일찍 퇴근하니까 너무 좋다!

위이잉

자기야, 청소 나중에 하고 같이 TV 보자.

금방 끝나. 발 들어봐.

위이잉

피곤하지 않아?

피곤하긴….

위이잉

나만한 남편 있으면
나와보라고 해!

위이잉

어딜 가?

청소하는데
방해되는 것 같아서
바람 좀 쐬고 올게.

위이잉

따뜻하게
입고 나가!

이 시간에 혼자
웬일이세요?

가끔 혼자 있고 싶을 때가 있지.

자기는 너무 혼자 있고 싶어 하는 거 알아?

흐흐, 그런가?

두 분 너무 잘 어울리세요.

당신은 고마운 줄 알아. 예전 같으면 거들떠보지도 않았을 거야.

내가 부족한 사람이라 당신이 더 빛나는 거요.

졌다!

제가 보기에는 여사님이 밑지는 것 같아요.

부르르

청소끝 어서돌아오세요♥

오후 9:01

가봐야겠습니다.

그새를 못 참고 또 찾는 거예요?

남편이 그렇게 아껴주니 새댁은 아가씨 때가 그립지 않겠다.

아가씨 때….

영원히 돌아갈 수 없는 시간….

좋은 의견이 많구나.

그러게요. 휠체어 생각은 못 했어요.

이동식 경사로를 만들어야겠다.

나는 이것이 좋네.
스탠딩 가스난로.

맞아요.
주문하고
밖에서
기다리는
손님들한테
필요하죠.

자기는 어때?

바자회가
좋겠어.

지인들한테 소장품을 기부받아서
손님들한테 판매하고
수익금은 기부하는 거지.

킥킥.

내 얘기가 우스워?

아니요. 바리스타를
바꿔달라는 의견이에요.

그게 우스워?

제가 너무 멋있어서
커피 맛을 못 느낀답니다.

하하하!

나머지는…
메뉴에 관한
내용이
많습니다.

빵 종류를
늘려달라는
의견도 많네.

이런 빵
저런 빵
미있는 빵
고소한 빵
칼로리 낮은 빵
예뻐지는 빵

평소에 단조롭다고
느끼고 있었어.

한두 개 정도
추가해보자.

어떤 빵을
주문할까?

글쎄요. 이럴 때 가원이가
있으면 딱인데.

어? 한 장이
남았네요.

새댁이 쓰고
갔나 봐.

빵을 추가한다면 크루아상이 좋겠습니다.

팅

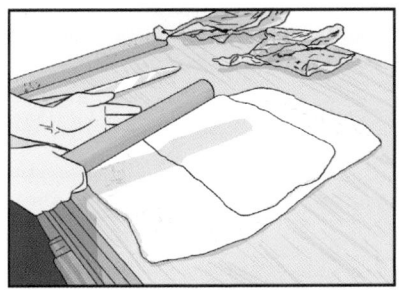

두 시간 숙성한 반죽에 버터를 넣고 밀어 편다.

이 버터는 크루아상의 생명인 결을 만든다.

위 이 잉

필요하면 전화를 하지 직접 왔어?

제가 알아야 손님에게 설명할 수 있죠.

내가 이래서 2대커피를 싫어할 수가 없어요.

그래. 어떤 크루아상을 원하는 거야?

바삭바삭한….

그러면 13결 정도면 되겠네.

크루아상 표면의 결이요?

응. 이렇게 접는 정도에 따라 결이 다르게 생기지. 13결 정도면 바삭하지만 볼륨감이 적고 27결 정도라야 입체적이고 풍부한 느낌을 주지.

냉장고에 한 시간 넣어둔 반죽을 다시 밀고 세모 모양으로 자르고 돌돌 말면 초승달 모양이죠?

초승달이 프랑스어로?

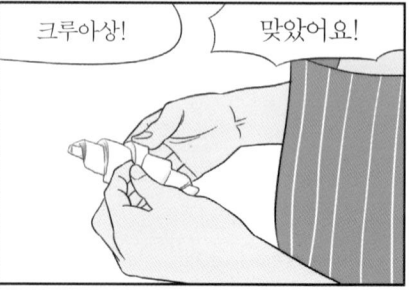

크루아상!

맞았어요!

크루아상 유래로는 여러 가지 설이 있지만 오스만제국과 관계가 있는 것 같아.

지금의 터키도 그렇지만 당시 오스만제국의 상징은 초승달이었어.

17세기 오스트리아를 침공했는데 이때 어떤 제빵사가 그들이 판 굴을 발견하고 성주한테 알려서 전쟁에 이겼다는 전설이 있어.

그 승리를 축하하기 위해서 제빵사가 초승달 모양으로 빵을 만들었지.

현재는 바게트와 더불어 프랑스를 대표하는 빵이 됐어.

음! 역시 갓 구워낸 거라 더 맛있어요. 우리 커피랑 완전히 잘 어울리겠어요.

허걱! 늦었다!

자기야,
일어나!

왜 알람이 안 울렸지?

내가 새벽에
해제했어.

아이구!

빨리빨리!
늦었어!

어차피 늦었잖아.
더 자자.

서두르면
괜찮아!
이 예약은
환불 불가란
말이야!

이 안이 훨씬 포근하고 따뜻해. 자기도 들어와.

턱

에라, 모르겠다!

정말 아쉽지 않아?

하나도.

우동 먹으러 갈까?

아니. 2대커피 가자.

아, 크루아상이다!

맛있게 드세요.

바삭

그래, 바로 이 맛이야. 바삭대는 경쾌한 소리, 고소하고 부드러워서 마음을 한없이 평화롭게 만들지.

으음!

후후훗. 크루아상은 아무리 조심해도 이 지경이야.

2대커피에선 크루아상이 낯설 것 같았는데 괜찮네.

잘 보면 행복은 소소한 일상에 있지.

저 부스러기 때문에 청소가 까다로워지겠어요.

고비가 바꾼 주말 풍경인데 감수해야지.

실컷 자고 여유 있게 커피 타임 즐기고…. 너무 괜찮네.

이번 주는 쉬었으니까 다음 주는 꼭 나가자.

자기야, 할 말 있어. 오해하지 말고 들어줘.

무슨?

솔직히 나 힘들어.

나랑 결혼 생활이 힘들다고?

아니. 데이트.

뭐? 왜? 내가 잘못한 거 있어?

그런 게 아니라 난 그냥 자기랑 아무 계획 없이 여유롭게 동네 마실 다니고 커피 마시고 장 보러 다니고 이러는 게 더 좋아.

결혼 전 약속 안 지켜도 돼. 매주 데이트 안 해도 돼. 요리 안 해줘도 돼. 집안일 조금만 도와줘도 돼. 집에 꼭 함께 안 들어가도 돼.

주르르

왜? 실망했어?

행복이 뭐 별건가.
주말에 늦잠 자고 느긋하게 마시는
커피 한 잔에 크루아상 한 입이 행복이지.

55화

비엔나커피

그… 그만!
휘핑크림을 젓지 않고
마셔야 돼!

휘핑크림의 부드러움, 커피의
쌉싸름한 맛, 천천히 우러나는 단맛,
이렇게 세 가지를 즐기는 것이
비엔나커피의 맛이야.

그런데 그렇게
다 섞어버리면 한 가지
맛밖에 느낄 수 없지.

아~.

너처럼
산타클로스가
되는 게
좀 그래서….

이런 건
혀로 싹
핥아버리면
그만이지.

앞에 앉은 여자가 얼마나 입술에 묻은 크림을 닦아주고 싶겠냐.

다시 산타클로스 해봐. 닦아줄게.

나는 수능을 끝낸 예비 대학생이다. 내가 요즘 찾아다니는 것은 비엔나커피다.

얘! 승정아, 너 남자 친구 있니?

아! 이모 왜?

이모를 앞에 앉혀놓고 무슨 생각하는 거야?

ㅎ ㅎ. 쏘리.

이모 고마워. 맛있는 것도 사주고.

용돈도 주고.

와!
이렇게 많이!

지금까지는
교복이랑 엄마가
사준 옷만 입었겠지만
이제 네 맘에 드는 거로
사 입어라.

이모,
우리 자주
만나자!

기저귀 차고 우유 달라고
보챌 때가 엊그제 같은데 이젠
숙녀가 돼서 같이 커피도
마시고… 승정이 많이 컸다.

예정대로
신문방송학과
지원해?

응.
르포 기자가
되고 싶어.

왜 하필
기자야?

멋지니까.

몸이 아프면 자기가 알아서 병원 가잖아. 그런데 사회는 달라. 아픈 곳을 알려줘야 해. 그리고 치료를 해야 해.

자신의 기사에 책임을 지는 기자가 되고 싶어.

공부만 하지 말고 캠퍼스 생활도 즐기고 화장도 하고 이런 카페에서 미팅도 하고….

요새 누가 카페에서 미팅해?

우리 이모 대학생 때 카페에서 미팅 많이 했나 보네.

남자 여럿 올렸지.

궁금해. 그때 미팅은 어땠어?

이럴 때 파고드는 거야. 무슨 정보가 나올지 모르니까.

뭐… 선배들이나 친구들의 주선이 많았지.

특이한 점이 있다면 미팅 전에 암호를 정했다는 거야.

어떻게?

첫인상이
마음에 들면
비엔나커피나
파르페를 시키고.

인상이
별로다 싶으면
아이스 커피를
시켰지.

오!
바로 도움이
되는 정보다!

남자 쪽도?

응.

왜 하필
아이스 커피?

빨리 마시고
나갈 수 있잖아.

비엔나커피나
파르페는
근사하고 비싸고.

유치 찰떡.

싫으니 좋으니
말하는 것보다
깔끔한 방법이었어.

보나 마나 이모는
전부 아이스 커피
시켰지?

나야 그랬지만
남자들은 비엔나커피
주문하기에 바빴지.

정말 비엔나커피
시킨 적 없어?

딱 한 번!

와!
우리 이모가
반한 사람이
있었다니!
특종이다!

그래서?

뭐가 그래서야?

그 꽃미남을
잡지
못했으니까
이모가
싱글인 거
아니야.

결국
차인 거네.

그럴 수도 있고
아닐 수도 있고.

에이,
싱거워.

그래도 비엔나커피 맛은 기억해.

아이고, 너 이모 때문에 호강했구나!

GIVENCHY
CHANEL
Dior

엄마도 나한테 돈 좀 써.

지금까지 들어간 교육비는 돈 아니냐?

혹시 이모 대학 때 미팅남한테 퇴짜 맞은 거 알아?

이모가? 글쎄….

워낙 쫓아다니는 남자들이 많았고 팅기기에 바빴지. 차인 적은 없을 텐데…?

146

왜? 이모한테 무슨 일 있었대?

비엔나커피 이야기를 들었는데 기자 지망생의 촉을 건드렸거든.

비엔나커피! 아~!

뭐가 있었구나.

있었지.

그날은 미팅 끝나고 집에 들어와서는 마치 백마 탄 왕자님을 만난 공주처럼 들떠서 흥분하더라. 미팅을 수없이 했어도 반응이 시큰둥했었는데 그때는 달라도 너무 달라서 기억하지.

오호! 정보가 쏟아진다!

우리 이모도
순진한 면이 있었네.

두 번째 만났을 때
손도 잡았다고 했어.

에이,
그게 뭘….

그때 손을 잡았다는 건
상당한 진전이
있었다는 뜻이야.

덜컥

그러면 미팅 끝나고
또 만난 거네.

말도 마라.
그 몇 달, 도서관보다
비엔나커피를 더 자주
마시러 갔을 정도였어.

어느
카페로?

그 미팅남이
아르바이트하던
카페.

아무튼 그렇게 죽고 못 산다며 사귀더니
그해 겨울이었나… 둘이 강릉으로
여행 간다고 부모님께 거짓말까지 하고
나갔는데 엄청 울고 들어왔단다.

!

그날 이후 한 달 정도
집에만 콕 박혀 있어서
저러다 죽을까 봐
가족 모두 이만저만
걱정이 아니었지.

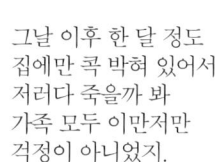

터

충격이 컸구나.

원래 예쁜 것들이
맷집이 약해.

다시 만날
생각은 안 했나?

너 이모
자존심
몰라?

결국 첫사랑이
마지막 사랑이
됐네… 쩝….

결혼하면
유럽으로
신혼여행가서
몽블랑 보러
갈 거라고
자랑까지
했는데….

그 좋은
유럽에 가서 산은
뭐하러 간대?

그 남자
로망이었단다.

왜 그렇게
됐을까?

나도 궁금해.
뭐… 남녀 관계란
개미만 지나가도
깨질 수 있는 거니까….

이렇게
좋은 기삿감을
왜 이제 얘기해?

안 물었잖아.

그렇지. 유능한 기자는
취재 대상에게 묻지 않아도
말이 술술 나오게
유도할 수 있어야 해.
유도… 유도… 유도….

이야아압!

쾅

무슨
소리야!

이모, 꽃미남이 아르바이트하던 카페 이름이 뭐였지?

이모! 왜 말 안 해!

이런 걸 찾아내는 것도 유능한 기자의 일! 검색, 검색, 검색.

비엔나커피… 휘핑크림을 만년설처럼 얹은 커피. 오스트리아의 비엔나에는 비엔나커피가 없다. 비엔나커피의 본래 이름은 아인슈패너다.

마차에서 내려 커피를 즐길 시간이 없던 마부들이 한 손으로는 고삐를, 한 손으로는 설탕과 생크림을 듬뿍 얹은 커피를 들고 마신 것이 시초였다는 설이 있다. 300년 전에….

이런 정보밖에 없나? 90년대 비엔나커피 정보는 없어?

오! 비슷한 것 찾았다! 당시에 비엔나커피로 유명했던 카페 두 군데….

이 중 한쪽이
이모가 왔던
곳일 텐데….

학생, 원룸
싸게 나온 것
있는데 가볼래?

그게 아니라…
옛날부터
여기 카페가
있었다는데….

그거 없어진 지
한참 됐어.

그때는 카페라는
이름은 거의 없었고
커피숍이나
다방이라고 했지.

미팅도
미팅이지만
음악 들으러
자주 갔어.

커피 한 잔 마시면서 음악을
듣거나 독서를 하거나
시국 토론을 벌이는 게
대학생의 특권으로
인식되던 시대였다.

낭만적이다.

그때는 DJ가 있어서
신청곡도 받았다면서요?

한쪽 코너에
DJ가 들어앉아
LP를 골라서
신청곡을 틀어줬지.

DJ에게는
음악 신청뿐 아니라
데이트 신청도
많았어.

우리는 테이블마다
전화기가 있어서
다른 테이블에 데이트
신청하기도 했는데. 크크크.

미나 누나 그렇게
올드 제너레이션?

셔터내려!

커피 맛은 별로였어.
대개 헤이즐넛이나
바닐라 커피 같은
가향 커피가
유행이었거든.

그즈음 비엔나커피가
인기 있어서 메뉴에
넣어보려고 레시피를
배우기도 했지만
드립 커피 하나로도
벅차서 비엔나커피는
포기해버렸어.

와! 선생님
비엔나커피
마셔보고
싶어요!

그 비엔나커피
이야기를 들으러
왔습니다!

작가?

기자 같은데.

너무 어려.

당시에 비엔나커피로
유명했던 곳이 두 군데 있었어.
나는 명동을 주로 다녔고
학생이 말한 곳은 종로에 있었어.

왜 명동만
다니셨어요?

명동 쪽 커피를
좋아했거든.

사장님은 그때 당시 여러 커피인들과 교류가 있었을 텐데 관련된 분들을 모르세요?

난 드립 커피만 고집해서 교류가 많지 않았어.

더 이상의 정보는요?

나한테 들을 수 있는 얘기는 여기까지.

어휴, 또 막다른 길이네.

아니. 취재원 하나는 기막히게 찾아왔어. 아직 길이 하나 남아 있거든.

그걸 왜 제가 해야 하는 거죠? 저는 돈 안 되는 정보는 제공하지 않습니다.

지난번 나한테 잘못한 대가야.

뒤끝
있으시네요.

커피도 그렇고
원래 뒷맛에
집착하지.

거절한다면요?

미각 테스트를 위해서
속임수까지 동원했다는 사실을
SNS에 올리면 반응이 어떨까?

에이~.

거만하군.
이런 사람일수록
알찬 정보가
있어.

그 카페는 2000년대
초반에 문을 닫았어요.

그리고
사장님은
미국에 이민을
가셨죠.

알면서!

공인중개사와
토박이 상인들을
수소문했거든요.
기본적인 정보는
캔 뒤에 중요 취재원을
만나는 것이 당연하죠.

아직 입학도
안 했으면서
만만찮네.

이민 간 사장님에 대한 정보는 더 이상 찾을 수 없어요. 단, 90년대 서울에서 비엔나커피의 양대산맥으로 이름을 날렸다면….

비엔나커피? 오스트리아에서 그렇게 말하면 바보 취급받아!

멜랑쉬 아님 아인슈패너.

오늘 임자 제대로 만났군.

그런 카페였다면 어떤 흔적이 남았을 텐데요?

흔적?

단서요. 그것이 있어야 추적을 이어갈 수 있어요.

난 첩보원… 이런 거랑 취미 없는데.

국내 넘버원 커피 블로거이자 최대 데이터베이스를 갖고 있으며 넓은 인맥을 자랑하는 초이허트 씨가 백기를 드시는 건 아니겠죠?

그 꼬마 기자 잘하고 있을까?

2대커피에도 첫사랑 못 잊어서 찾아오는 손님들 종종 봤는데 결국 끝이 안 좋았어.

서로를 못 잊어서 혼자 살다가 기회가 오면 오해를 풀고 결혼할 수도 있잖아요.

달그락

달그락

첫사랑은 추억일 때가 아름다운 거야.

그래도 첫사랑이 궁금하지. 지금은 어떻게 지낼까. 어떤 모습일까.

할머니, 할아버지 됐겠지, 뭐.

뭐? 이모가 다니던 카페? 그 남자? 그딴 일로 바빠?

쓸데없는 짓 그만두고 대학 생활 준비나 해! 토익 학원도 다니고!

기자의 자질 중 첫 번째는 관심이야. 난 꽂혔어. 절대 그만둘 수 없어.

여보세요?
아 정말요?
감사합니다!
초이허트 선생님!

마지막 경고다!
엄마 말 들어!

쿵쿵쿵

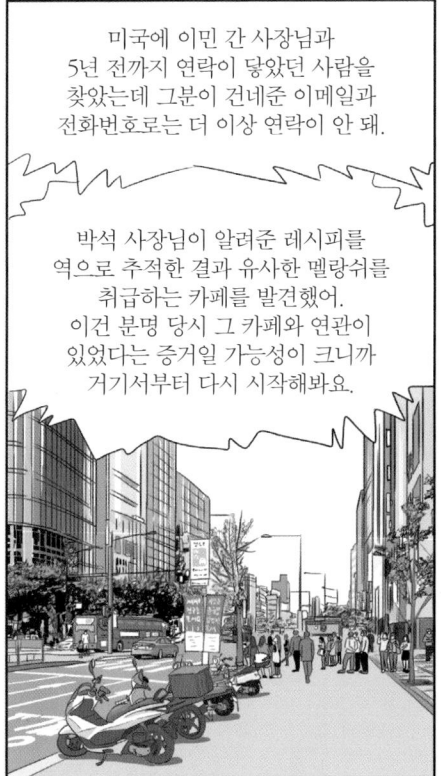

미국에 이민 간 사장님과
5년 전까지 연락이 닿았던 사람을
찾았는데 그분이 건네준 이메일과
전화번호로는 더 이상 연락이 안 돼.

박석 사장님이 알려준 레시피를
역으로 추적한 결과 유사한 멜랑쉬를
취급하는 카페를 발견했어.
이건 분명 당시 그 카페와 연관이
있었다는 증거일 가능성이 크니까
거기서부터 다시 시작해봐요.

millo coffee
roasters

앗!

턱

오랜만이네요.
동구 씨.

이모가 어떻게
여기를?

여전히
예쁘십니다.
미진 씨.

어떻게 여기를
찾았죠?

어쩌다 이 카페
얘기를 들었는데
동구 씨일 거라는
생각이 얼핏 들었어요.

여기
비엔나커피
주세요.

비엔나커피가
아니라 몽블랑
두 잔 주세요.

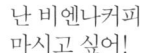

난 비엔나커피 마시고 싶어!

여기 바리스타가 몽블랑 산을 좋아하는데 크림이 얹혀 있는 모양이 산을 연상시켜서 비엔나커피를 몽블랑으로 이름 지은 거야.

몽블랑… 그렇게 된 거군요.

비엔나커피를 몽블랑이라 고쳐 불러서 내가 이 고생 한 거야.

나는 촉을 더 키워야 해.

남들처럼 졸업 후에 취직해서 사회생활을 시작했는데 이 비엔나커피가 자꾸 생각나더라고요.

당시에는 제대로 된 비엔나커피 파는 곳도 없었으니 목마른 사람이 우물 판다고 제가 직접 차렸지요.

만족 스러운가요?

물론. 좋아서 하는 일이니까.

저도 비엔나커피… 아니, 몽블랑 한 잔 주세요.

어이구, 내 정신 좀 봐.

궁금해. 어떻게 진행될까?

우리 몽블랑 같이 마실까요?

좋아요.

그때 생각나네요.

모든 것이 어설펐던 시절이었죠.

여보! 로스팅할 시간이야!

집사람이에요. 미진 씨도 결혼했죠?

그럼요. 좋은 사람 만나서 호강하고 있죠.

거짓말!

왜 아직 커피
안 보내냐고 성화야.

알았어.

내일 쓸 것도
로스팅해놔.

알았다니까.

비엔나커피의
결정을 내려야
할 때인데
처음과 생각이
바뀌었다.

추억은 추억대로 덮어두어야
한다고. 확인하려 들었다가
실망하면 궁금했을 때보다
더 상처가 크다고.

부우웅

부우웅

164

멀리서도 눈에 띄는 미모. 이모인 줄 알았어.

!

오늘 눈 온다는 얘기 못 들었어?

!

이모, 나 지금 영화 보러 가는데 같이 갈까?

응! 좋아.

이런 날 사랑하는 조카랑 영화 관람! 아주 괜찮지.

눈이다! 눈!

비엔나커피는 부드럽고 달콤한 추억과
쌉싸름한 현실이 어우러진 판타지아다.

≫ 56화 ≪
에어로프레스

2대커피의
일요일 오후 풍경.

박석은 로스팅 룸에 있고,
김 여사는 홀서빙을 하고 있고

고비는 자기 영역을
굳게 지키고 있다.

올해는 이벤트가 없이 넘어가나 싶었는데….

연말 기부 바자회는 고민 끝에 올해도 이어가기로 했어요.

나도 모카 포트를 기부했지.

좋아하던 것이었잖아? 어쩐 일로 덥석 내놓았어?

'2년 동안 쓰지 않고 입지 않은 물건들은 정리하라'는 원칙!

맛있는 커피를 원하는 주인을 만나는 게 낫지.

빈티지라 반응이 좋을 것 같습니다.

아~ 또 저렇게 감시하듯 빤히 쳐다본다.

그 모카 포트가 탐나서 저도 경매에 참가할 거예요.

인기 작가님께서 낙찰을 받으시면 가문의 영광입니다.

뭘 가문의 영광까지…. 너무 가식적이다.

손님도 시간 되면 바자회에 오세요.

저요?

여사님 제발… 일 키우지 마세요.

예. 기증품과 소장품 경매도 있고 커피와 다과도 제공됩니다.

동네 분들이 많이 오시는데 이웃과 인사도 나눌 겸….

예. 생각해볼게요.

커피 나왔습니다.

오늘은 또 무슨 트집을 잡을까?

어떠세요?

이거 온두라스 커피 맞나요?

예. 온두라스 SHG입니다.

이상하네. 내가 알고 있는 온두라스 커피 맛은 이게 아닌데.

온두라스 SHG: 온두라스 커피 중 해발 1,500~1,700미터에서 재배되는 최상 등급의 커피.

온두라스 코판 지역에서 생산된 생두를 사용했습니다.

아, 그렇구나. 전 산타바바라 지역인 줄 알았어요.

달칵

코판 지역의 생두가 다채롭지는 않지만 미묘한 맛이 좋습니다. 부드럽고 은은한 산미, 마실수록 진해지는 맛.

잘난 척은….

싫으시면
다른 커피로
내려드릴까요?

됐어요.
가야 하니까
테이크아웃 잔에
담아주세요.

산타바바라가
아닌 건 좋아.
이해한다고.

그런데
커피를 내릴 때
다른 사람과
말을 하다니
어이없어.
정말 계속
실망이야.

휙 휙

안녕하세요.

골프
치세요?

흐흐. 옛날에요.
요즘은 형편이
안 돼서….
몸 푸는 중입니다.

오늘도 어김없이
2대커피에 들렀군요.

예.

친구들하고
약속이 있어서
나가던 차에….

방에 문제는 없죠?
문제 생기면 알려주세요.

방보다
2대커피가
이상해졌어요.
저 망한 것 같아요.

예? 커피 때문에 2대커피
근처로 이사를 왔다고요?

진짜예요.
제 중개 사무실에
찾아와서는, 전에
살던 곳 주변 카페들이
최악이라 그동안
힘들었다고 하소연을
하더라고요.

커피업계
종사자인가?

커피
마니아죠.

친구들이랑 이 근처에 왔다가 2대커피에 감동을 받고 결국 이사하게 된 거죠.

우룩

저는 이해할 수 있어요.

2대커피 없는 작업실, 상상하기도 싫네요.

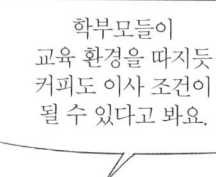

학부모들이 교육 환경을 따지듯 커피도 이사 조건이 될 수 있다고 봐요.

그런데 2대커피에 대한 반응은 시원찮던데….

속으로 음미하는 거지. 그럼 뭐 얼씨구절씨구 흥에 겨워 춤이라도 춰야 한단 말인가?

…

고비야.

요새 걱정이 있어?

예?

바자회 때문에 바빠서 걱정할 시간도 없습니다.

바리스타의 감정 기복은 단골손님이 가장 먼저 눈치채고 그다음으로 나다.

그 손님과 문제가 있지?

어머, 난 잘 모르겠던데.

선생님 말씀을 반대로 해석하면 바리스타는 손님의 표정으로 반응을 읽을 수 있습니다.

부담 갖지 마라.
말은 그리해도 우리 커피가
이사의 절대 조건은 아니었을 거다.

그래. 마음에 안 들면
다른 곳으로 가겠지.
이 동네에 카페 많잖아.

이사하고 2주째
하루도 빠짐없이
오는데 반응도 없고
계속 실망하는 것
같아서….

쏴아아

최근에는
꼬투리를 잡기
시작했어요.

컵이 미지근하다,
테이크아웃 잔이
촌스럽다, 오늘은
원두 생산지까지요.

연말 기분이
영 안 나요.

크리스마스
시즌에
흥이 나도
모자랄 판에
너무 심각하다.

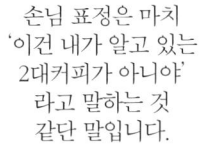

손님 표정은 마치
'이건 내가 알고 있는
2대커피가 아니야'
라고 말하는 것
같단 말입니다.

그렇다면 직접
물어보지 그래.

표정보다
말이 솔직한
법이니까.

어쨌든 성장하는
모습이다. 이번 주말
기증품 접수 마무리하면
기증인 명부 정리도
빼지 마라. 응?

예.
차질 없도록
하겠습니다.

그래. 이사한
동네는 어때?

짐 정리하느라
정신없어.

짐 정리 끝나면 바로 또
이사하는 것 아니냐?

꺄르르르.

그 동네 멋쟁이 예술가들이 많다며?

글쎄?

내숭은…. 이참에 집안 빵빵하고 자유분방하고 야성미 넘치는 꽃미남 하나 물어서 시집가라.

내가 왜 시집을 가? 장가를 와야지.

기지배 지금 자존심 세울 나이냐?

헛다리 짚지 마. 애 커피 때문에 이사 간 거야.

뭐야? 그새 2대커피에 대한 사랑이 식은 거야?

아이구야…. 또 발병했구나. 내가 뭐랬어. 잘 생각하고 결정하랬잖아.

아직 식은 건 아니고….

픽이나!

178

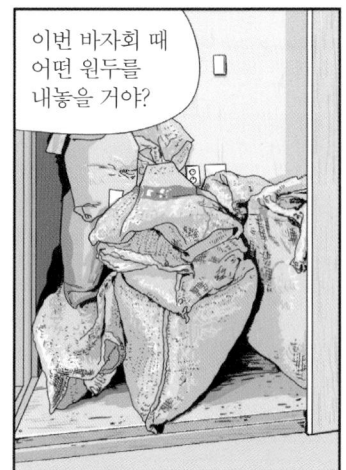

이번 바자회 때 어떤 원두를 내놓을 거야?

싱글 오리진은 아니야.

어머! 그럼 겨울 블렌드?

이름은 '한파 후 꽃 봄' 이야.

난 당연히 싱글 오리진을 생각했는데 자기는 역시 반전이 있어서 멋져!

반전에 반전은 본전!

푸하하하!

기 이 잉

너무 늦었나요?

179

아~ 오늘은 피곤해서 지금 마감하고 싶었는데.

아닙니다. 어서 오세요.

휴우~. 업무가 정신없이 몰아쳐서 제대로 된 커피 한 잔 못했네요.

퇴근 후 천근만근이 된 몸을 끌고 돌아오는 길에 집 근처에서 마시는 커피 한 잔의 위로…. 제가 커피 맛이 최고인 카페를 고집하는 이유죠.

하하. 남자들은 집 근처의 술집을 찾는데.

또 무슨 트집을 잡으려고 이렇게 띄울까?

자기가 나가봐야 하는 것 아니야?

로스팅에 집중하려고 고비를 받아들인 거야. 지금이 바로 그런 순간이지.

브라질 세하두 커피입니다.

피곤해서 커피라도 제대로 마시고 싶었는데 이건 제가 기대했던 마일드한 맛이 아니에요.

아! 마일드한 커피까지 나오면 어려운데.

모카 커피와 함께 마일드한 커피가 가장 애매모호 하다고.

혹시 연하고 부드럽고 거기에 살짝 산미가 느껴지는 커피 맛을 원하셨나요?

맞아요. 안락의자처럼 편안하고 부드러운….

저희가 추구하는 마일드함이란 향과 바디감의 조화와 균형입니다.

전에 마신 2대커피의 커피는 확실히 제가 원하는 마일드한 맛이었다고요.

저희 추출은 일정함이 생명입니다.

제가 억지를 부린다는 건가요?

기대하고 왔는데 이게 뭐야! 더 피곤하고 짜증만 나!

아, 정말 난감하네.

광고비, 먼저 나간다.

예. 저도 거의 다했습니다.

기이잉

뭘 그렇게 놀라? 화장실 갔다 오는 여자 처음 보니?

전… 그 손님이 또 오는 줄 알고….

거의 노이로제 수준이네.

손님이 무언가에 꽂혀 있을 때는 설득보다 공감이 우선이야.

182

바자회

송년 바자회

찌이익

와삭

바자회 손님들
선물 드릴 건데
그만 먹어요.

빠삭

와삭

너무 맛있어요.
자기~.

아~.

자기 거는
초콜릿~.

아~.

가뜩이나
크리스마스도 버거운데
거 적당히 좀 합시다!

!

!

기이잉

앗!

토요일인데 일찍
나오셨네요.

힐긋

꽉

어제는 미안했어요.
제가 너무
피곤했나봐요.

아닙니다. 커피에
대한 반응은 서로
주고받아야 합니다.

그동안 드립 커피로
너무 까탈 부린 것 같아요.
그래서 오늘은….

카푸치노?

예.

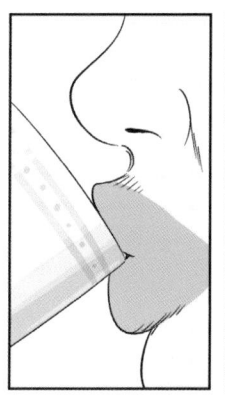

저… 정말 미안한데요.

이거 라테 아네요?

카푸치노 맞습니다.

회사 근처 카페에서 마신 라테랑 별 차이가 없어요.

리스트레토(ristretto) : 기존 에스프레소 샷의 초반 3/4만 추출하는 샷으로, 에스프레소보다 쓴맛이 덜하고 단맛이 강함.

그리고 우유의 양과
거품의 두께가
카푸치노에서
플랫 화이트로 갈수록
적고 얇아집니다.

플랫 화이트는
더욱 진하고
고소한 라테인데
요즘 유행이죠.

…

아! 이런 차이가
있었구나.

카페오레는
프렌치 프레스로 내린
커피에 우유를 타서
마시는 거고요.

마셔봐도 맛이나
거품 차이를
못 느끼겠어요.

저는 폭신폭신한
소파 같은 느낌의
카푸치노를 원했다고요.

아!
그거라면
진작 말씀해
주시지….

이건
웻 카푸치노고요,
드라이
카푸치노를
준비해드릴게요.

웻 카푸치노: 얇은 우유 거품 층과 더 많은 스팀 우유가 들어간 카푸치노. 드라이 카푸치노에는 두꺼운 우유 거품 층과
더 적은 스팀 우유가 들어간다.

거품이 풍성하지요.
수저로 떠드셔도 되고요.
거품 위에 설탕을
뿌려 드셔도 좋습니다.

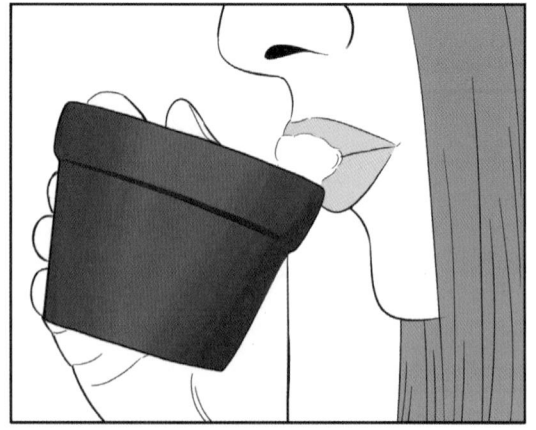

이게 뭐예요?
어제 일도 있고 해서
웬만하면 넘어가려
했는데!

예?

이럴 거면 미리 알아서
줄 것이지, 제가 말 안 했으면
원하는 카푸치노는
영영 못 마셨을 것 아녜요!

원래 카푸치노는
그렇게
두 종류로
나뉘고
가게마다….

굳이 손님이
어렵게
공부하고
마셔야 하는
이유가 있어요?

그럴 거면 바리스타가
무슨 필요가 있어요?
제가 이러려고 이사 왔겠어요?

심하다.

그동안 혹시나 해서
참고 계속 왔는데
더는 오고 싶지 않네요!

뭐가 마음에
안 드시죠?

맛이 예전
같지 않아요!

전 다른 카페를
찾아보겠어요!

기이잉

다시 안 온다니…
축하한다. 고비야.

삭 삭

189

압! 압!

선생님 찌르겠다!

!!

손님이야 저렇게 가도 되지만 저는 어디 화풀이할 곳도 없고 답답합니다. 어휴~!

참는 것에 익숙해져야 해.

촛불 등대는 7만 원에
낙찰되었습니다!

2 대
소 녀 바

다음은
모카 포트!

시작가는
천 원
입니다!

너무
싸다!

만 원!

만천 원!

오!
경쟁이 붙었습니다!
만이천 원 없습니까!
만이천 원!

자, 이제
마지막
하나!

에어로
프레스
입니다!

고비야,
이건 네가
진행해라.

선생님께서
마무리
하시죠.

나도 경매에
참여할 거거든.

와! 저것 좋은
건가 보다!

우리도
들어가!

경매 액수가 꽤 많은데 그래.
많은 사람들이 따뜻한
겨울을 보낼 수 있겠다.

모두
수고했어요!

이 에어로프레스는
무슨 사연이
있을까요?

그건 모르겠지만 이제부터
네 사연이 쌓일 것이다.

예?

네 거라는
말이다.

선생님께서
낙찰받으신
거잖아요?

답답함과
스트레스를
어떻게
풀었냐는 것에
대한 답이다.

자! 주인이 먼저 사용해봐!

탁

이익!

어머, 저렇게 힘이 들까?

에어로프레스는 에스프레소부터 드립까지, 침지식부터 침출식까지 가능한 팔방미인이에요.

그러니까 에스프레소처럼 원두를 곱게 분쇄한 경우 뜨거운 물이 입자가 작은 원두를 통과하기 때문에 힘이 많이 들어가지요.

아하! 역시 노련한 허니~!

쪽

이 인간들 있을 때는 피해야지. 제명에 못 살겠어.

마지막으로 한 번 더!

그래!
그 안하무인을
네 마음속에서
날려버려!

지금 제
욕하시는 거죠?

그래요. 2대커피가
변한 것이 아니에요.
변덕이 심한
제 성격 탓이죠.

왜 간절히 원하는 걸
손에 넣는 순간
단점만 보이고
흥미를 잃어버릴
때가 있잖아요.

그런 기분 들 때
없으신가요?

난 더 좋던데.

쾅 쾅 쾅

쭈우욱

그래서 저는 단 한 번도 진득하게 연애한 적이 없죠.

옷이나 구두, 화장품… 알뜰살뜰 사면 뭐해요. 금방 싫증이 나는데….

저도 이런 저 때문에 속상해요! 엉엉!

왜 저만 쏙 빼고 행사를 했어요? 전 뭐 이웃사촌도 아닌가요!

생각해본다면서요?

사장님 겨울 블렌드 커피도 못 마시고 이게 뭐예요! 엉엉~.

슬퍼하지 마세요. 에어로프레스로 즐겁게 내린 커피가 있으니까요. 잠시만 기다리시면 됩니다.

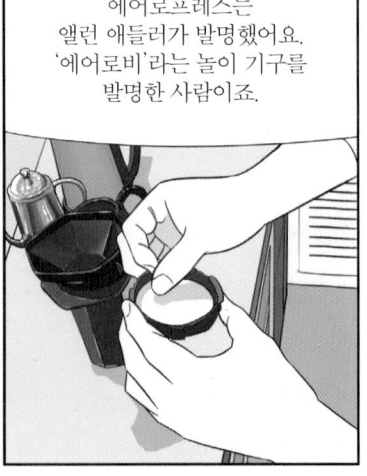

에어로프레스는 앨런 애들러가 발명했어요. '에어로비'라는 놀이 기구를 발명한 사람이죠.

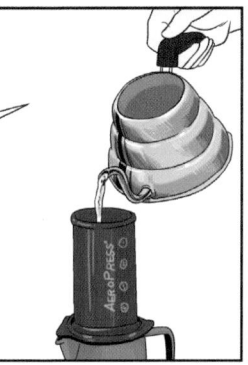

앨런 애들러가 이런 도구를 만든 이유는 분명 야외에서 에어로비를 던지고 놀다가 커피가 마시고 싶을 때 사용하기 위해서였을 겁니다.

그래서 제가 그 취지에 맞게 여러분께 강고비표 커피를 선보이겠습니다!

턱커피!

와하하하!

에어로프레스, 재미있는 도구네.

커피를 부담 없이 즐기기에 최고의 도구지.

자기는 별로 아닌가?

나는 그렇지만 고비의 시대는 만드는 사람도 커피를 즐기는 시대야.

나도
해볼게!

만화 그리면서
커피 내리기!

난 입술로!

니한테
해줘!

콱

난 삐딱이로!

맛이 아주
괜찮네요.

으음!

깔끔하고
심플한 맛이
에어로프레스의
특징이죠.

커피의
숨어 있는 개성을
드러내기에 이만한
도구가 없어요.

심지어
로부스타에서
신맛을 찾아
내기도 하거든요.

한번 해볼래요?

...

어떻게 하시겠어요?

생각하는 사람!

오! 로댕!

와하하!

저는 앞으로 에어로프레스로 내린 턱커피만 마실래요.

아… 아… 그… 그건!

농담이에요. 대신 생각하는 사람 커피로 주문할게요.

그거라면 얼마든지요!

해피 뉴 이 어~

자신이 좋아하는 커피를 마셔라.
싱글 오리진이든 블렌드이든
설탕과 크림을 넣은 커피든 중요하지 않다.
커피보다는 커피로 연결된 사람들 간의 관계가 중요하다.

- 브론윈 세르나(2004년 미국 바리스타 챔피언십 우승자) -

올겨울도
잘 버텨다오.

오늘 첫 수업인데
늦지 않게
그만 가요.

콜록
콜록

병원은?

약 먹고 있으니까 금방 나아질 거에요.

벌써 두 달이 넘었잖아.

어서 가라니까 그러네.

박석의 커피강좌

5분이 지났는데….

그냥 시작하죠.

저도 장소가 2대커피인 줄 알고 갔다가 황급히 이쪽으로 왔는데 혹시 전달이 안 됐는지도 모르죠.

늦었습니다!
죄송합니다!

젊은 친구가 시간 개념이
이렇게 희박해서야 원….

안녕하세요!
윤하열입니다!
잘 부탁드립니다!

인사는
잘하네.

자, 드디어 2017년도
첫 수업입니다.

첫 수업은 커피의 역사와
품종과 생산 과정 등의
기초 지식입니다.

저것 봐요.

응?

문신이다!

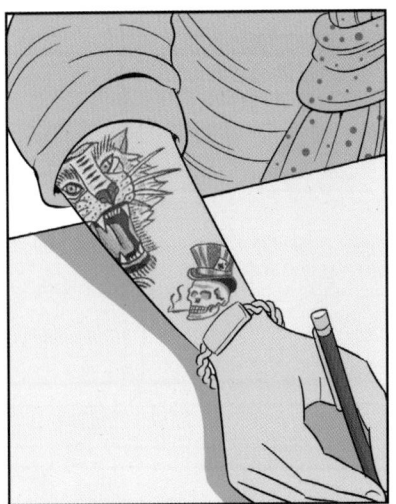

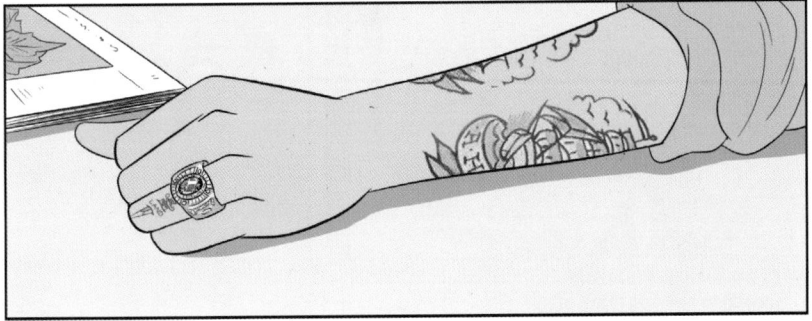

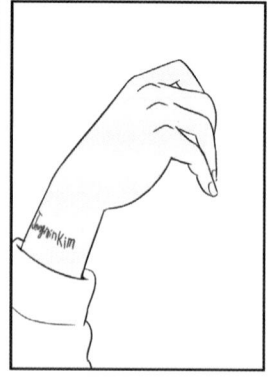

어! 문신하셨네요.

에이~ 요새 누가 문신이라고 해요? 타투라고 하죠.

예쁘죠? 서로 상대방의 이름을 새겼어요.

기이잉
안녕히 가세요.

저러다가 헤어지면 어떡해요?
후후.

예전에 강원도 가서 택시를 탔는데 기사가 한여름인데도 긴 와이셔츠를 입고 있는 거야.

말만 들어도 덥네.

왜 덥게 이러고 다니냐고 물었더니 팔에 '춘자 사랑해'라는 문신을 했다는 거야.

쏴아아

그럼 어때서 가려요?

지금 부인이 춘자가 아닌 거지.

쏴아아

와핫핫핫!

제 후배도 만화 그리다가 타투이스트로 전향했는데 유행인가 봐요.

이번 수강생 중에 타투이스트가 있다고 들었는데 나도 선생님이랑 커플 타투나 해볼까?

하하하!

깔깔깔!

209

아랍에서 처음으로 커피 묘목을 밀반입한 유럽의 나라는 네덜란드입니다.

그들은 스리랑카와 인도네시아에 커피 묘목을 심었고 프랑스, 포르투갈 등도 식민지에 묘목을 심었습니다.

이 유럽 국가들이 커피 묘목을 심은 곳을 연결하면 커피 벨트가 되는 것입니다.

커피 벨트(coffee belt): 커피 재배에 적당한 기후와 토양을 가진 지역으로 북위 25도와 남위 25도 사이.

이 위도를 벗어나면 커피나무의 재배가 불가능합니다.

이유는요?

연평균 15~22도의 온도, 습도 60~75퍼센트, 1,200~2,000밀리미터의 강우량, 2,200~2,400시간의 일조량 등 까다로운 재배 조건 때문입니다.

아항~. 그래서 우리나라는
커피 재배가 힘든 거였구나.

불가능한 건 아닙니다.
수강생 중에서 5년째
커피나무를 키우는 분이
계시니까요.

와!
대단하시네요!

5년 차가 되어야
커피 열매가
열린다는데….

다른 화초와 마찬가지로
애정을 가지면
가능합니다.

다음 수업 때
뵙겠습니다.

요새는 깡패도
커피 배우나?

카페가 돈이
되잖아요.

난 가슴이 벌렁거려서
수업을 제대로 못 들었어요.

덜컹

다녀왔…!

텅

!!!

왜 이리 서늘해?

오셨수?
콜록콜록.

쾅

당신이 문
열어놓은 거야?

겨울이라 너무
닫아놓고만 살아서
환기 좀 시켰어요. 콜록.

이러다 커피나무
다치면 어쩌려고!
왜 안 하던
짓을 해!

아유…. 창문 연 지
10분도 안 됐어요.
영하 2도에서 6시간
이상만 노출하지 않으면
아무 일 없다고 하더만….

짧은 순간도
독이 될 수 있어!
난로 가져와!

온도는 서서히
올리는 게 좋아요.
콜록.

그냥 말 좀
들어!

커피 수업은 어떠세요?

재미있긴 한데 머리가 굳어서 도통….

시험 보는 것도 아닌데 부담 갖지 말고 즐기면서 공부하세요.

그래야 하는데….

부다다당 다당

기이잉

안녕하세요.

억!

오늘은 수업이 없는 날인데 모이셨네요.

맛있지?

응.

우리 동네 카페들은 왜 이렇게 못할까?

커피 수업도 듣고 있는데 이참에 확 다 접수해버려?

그래. 애들 불러!

확

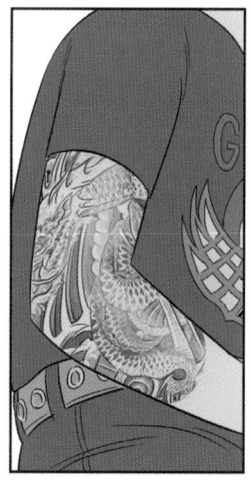

야… 야쿠자!

'이레즈미'!

일본을 대표하는 타투예요. 야쿠자 문신으로 오해하면 섭섭하죠.

이건 갱이나 힙합 쪽에서 선호하는 '치카노'입니다.

하열 씨는 어떤 종류를 좋아하죠?

전 '올드스쿨'이요.

그 외에 글자 위주의 '레터링', 부족의 상징을 새기는 '트라이벌' 그리고 '블랙앤그레이' 타투가 있죠.

그거 할 때 안 아파요?

고비 씨, 해드릴까요?

시… 싫어요!

커피 마십시다!

커피 공부
할 만해요?

재미있어.

콜록
콜록.

병원
가보라니까.
쯧쯧.

커피가 손이 많이 가는
거라는데 집에서
가능할지 모르겠어요.

열매가 열리기
시작했잖아.

파란 열매가
점점 빨갛게
익어갈 거야.

그걸로 커피 한잔 할 생각하면 아~ 너무 행복해.

지금까지 고생한 결과의 맛이 어떨까?

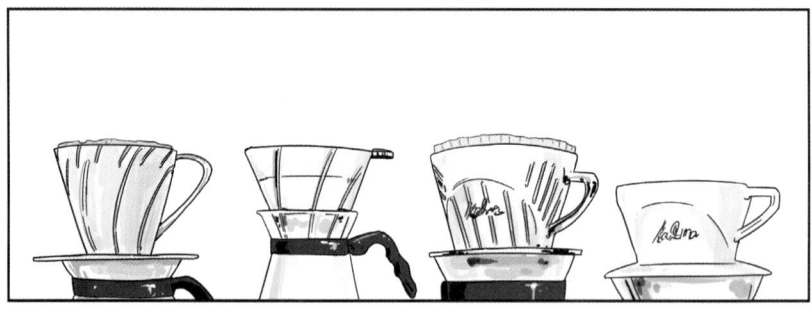

정말 같은 원두인데 맛이 다르네.

음.

드리퍼에 따라 이렇게 차이가 날까?

멜리타는 칼리타랑 모양은 비슷하나 추출구는 하나뿐입니다.

추출 시간이 길어 원두가 가진 맛을 충분히 빼낼 수 있지만 과다 추출하면 텁텁한 맛이 나니까 주의해야 합니다.

멜리타는 최초로 드리퍼를 고안한 멜리타 여사의 이름에서 따온 겁니다.

이 멜리타 드리퍼를 바탕으로 일본에서 여러 종류의 드리퍼가 만들어졌지요.

오! 커피나무를 키우는 분은 다르군!

언제 커피나무를 보여주실 수 없어요?

보고 싶어요.

나중에 커피가 익으면 보여드릴게요.

와! 그럼 원두가 열린 거예요?

사진 보여 드릴까요?

오! 진짜네! 정말 보고 싶다!

오늘 점심은 제가 쏘겠습니다. 괜찮죠?

왜?

그냥요.
친목 도모죠.

난 가봐야 해.
보일러가 고장 났대.

나는 보다 만
영화가 있어.

알겠습니다.
다음 수업 때 뵙죠.

휴~.

선생님, 저런 조폭을
수강생으로 받으면
어떡합니까?

전 심장이 약해서
버티기 힘듭니다.

박선 ! 에끼강짚

조폭요? 하열 씨는
그런 사람이 아닌데요?

타투를 전문적으로 작업하는 타투이스트입니다.

최근 바리스타 손님들이 타투를 하고 싶어 해서 커피 관련 정보를 얻기 위해서 온 겁니다.

다른 커피 수업을 받지 하필 우리 수업에….

친구들도 전부 문신을 했더라고요.

…

뭐라고 말씀 좀 하세요.

저는 수업이 중요하지 다른 건 신경 안 씁니다.

그래. 당신 간덩이 크다.

아무튼 못 오게 해주세요.

그럴 수 없습니다.

조폭과 같이 수업
못 받겠다는 분!

척   척   척   ...

세 명 찬성,
한 명 기권!

과반수로
결정되었으니
선생님이 마무리
해주세요.

이 결과도 무시한다면
저희가 수업을
거부하겠습니다.

수업은 예정대로
진행됩니다. 수업에서
빠지길 원하시는 분은
수강료를 환불해
드리겠습니다.
이상입니다.

약간 붉은색이
돌기 시작했어!
아~.

결국 제 타투 때문에
이렇게 됐군요.

괜찮습니까?
수업 계속할까요?

저는 뭐….
어르신은 어떠세요?

나는 자네 직업보다 수업이 더 중요하네.

곧 커피 열매로 커피를 만들어 드실 예정이라 수업에 애착이 강하세요.

우와! 저도 한 잔 마시고 싶어요!

자네 마실 커피가 아니네.

자, 수업 시작하겠습니다.

박석의 커피강좌

타투이스트를 하려면 그림 솜씨가 있어야 하지 않나?

원래 미대를 다녔어요. 순수 미술에서 타투로 전향한 거죠.

으음….

집에서 반대는
없었냐고요?

응?

그 질문하려고
하셨죠?

아니… 난… 뭐….

왜 아니겠어요.
부모 자식 간의 연을
끊을 뻔했죠.

대부분의
부모들이
그러하듯이….

제가 타투이스트로
전향하고 2년 만에
자리를 잡았어요.
그때 어머니가 전화해서
장하다고 그러시더라고요.

타투이스트를 반대했던 건
아들 생계가 걱정돼서
그랬던 거라고….

그때 알았어요.

부모님은 제 직업이 마땅치 않으신 거지 저를 부정한 것은 아니라는 걸….

세상은 변했지만 여전히 타투를 한 사람들을 바라보는 시선은 곱지 않죠.

그래도 괜찮아요. 어차피 곧 우리의 시대가 올 텐데요.

난 편견이 없네. 커피 수업을 들을 뿐이니까.

우리를 알지도 못하면서 문신한 놈이라고 욕하는 분들 많아요.

고양이 키우다 싫증 나서 버리는 사람보다 키우다 품 안에서 죽은 고양이를 잊지 못해 자기 몸에 타투하는 사람이 더 인간적인 것 아닌가요?

철컥

여보, 나 왔어요.

기침도 심하면서… 어딜 갔나?

!

으아아악!
이놈의 할망구가!

지금 어디야!
빨리 와! 어서!

아버지,
저예요. 유경이.

!!

네가 왜 엄마 전화를
받아! 엄마 빨리 바꿔!

바꿀 수 없어요.
병원이에요.

폐렴이래요.

지난 5년 동안 겨울에 환기도 제대로
시킨 적 없고 22도를 넘기면
안 된다고 따뜻하게 지내본 적도
없으니 병이 깊어질 수밖에요.

아버지는
잔인해요.

아버지!

에이익!

팍

팍

팍

헉헉헉!

쌰아아아아

왔냐?
저녁은?

동료 바리스타랑
먹었어요.
그런데 어머니
표정이 왜 그래?

아니다.

늦둥이
독립한다니까
울 어머니 급
우울해졌구나.

내일 이사는 어쩌냐?

내일 아침에 비 그친대요.

억!

어머니! 내 커피나무 화분이 어디 갔어?

내가 버렸다!

왜요?

내 돈으로 샀으니까 내 맘대로지!

커피 팔아 돈 벌면 그때 네 돈으로 커피나무 사라!

끝까지 왜 이러세요? 제가 아버지 로봇이에요? 왜 아버지를 따라가야 해요?

자식이 잘못된 길로 가는데
나 몰라라 하는 부모가 어딨어?

잘못된 길이라는 걸
아버지가 어떻게
아시는데요?

우리나라에서
커피나무를 키우는 게
불가능하다는 건
한국 사람이라면 다 알아!

안 되는 걸
해보겠다고
그렇게 말씀
드렸는데도!

그 커피나무는
제 꿈이란
말이에요!

쿵쿵쿵

쏴
아
아
아

아, 저기 있다!

233

끙!

!!!

끼 끼 끼

늦둥이 아들 얻고 너무 엄격하게 키웠네. 대학 학과도 내가 정해줬지.

그때까지 모든 게 일사천리였는데 아이가 어느 날 갑자기 커피에 빠져버렸어. 절대 인정하고 싶지 않았어. 그래서….

그런 사연이 있었군요.

부웅

부우웅

아들은 없는데 아들처럼 커피나무를 붙잡고 있었지.

이제는 죽은 아들보다 산 어미가 더 중요하다는 걸 알았다네.

저한테 깊은 사정을 말씀하시는 이유가 뭐죠?

부탁이 있네.

빨리 응기해!

아이구, 그렇게 되었군요.

저도 한 잔 마시고 싶었는데 어쩌나….

지극정성으로 키우셨는데 허탈하시겠어요.

제가 튼튼한 녀석으로 하나 구해드릴까요?

이미 새 커피나무를 한 그루 들여놨습니다.

정말요?

보여드릴까요?

추운 날 밖에 갖고 나오면 안 되는데….

이렇게 잘 자라고 있으니까 걱정하지 말아요.

!!

!!

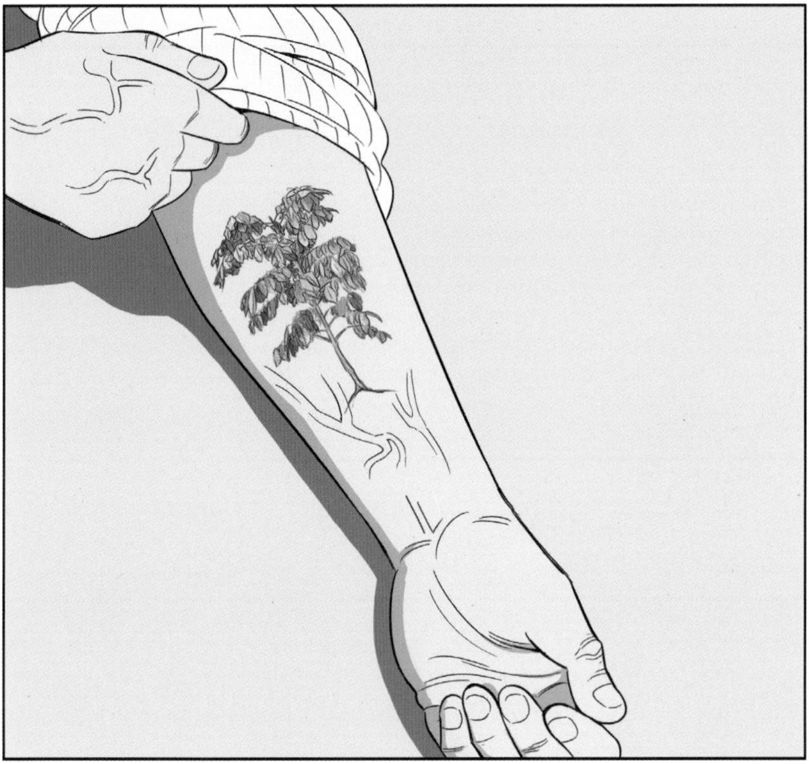

티피카 품종
같습니다.

난 부르봉이요.

어? 나는 게이샤로
해달라고 했는데?

하하하!

커피의 등장은 시대의 흐름을 바꾼 위대한 혁명이다.
- 쥘 미슐레 -

◇◇◇ 58화 ◇◇◇
커피 리필

240

요새 선생님 표정이
너무 안 좋으시네.

앗!
휴대폰!

!!

웬 여자분이….

분위기가
무겁다.

에이, 정말!

어? 벌써 들어오세요?
선생님은요?

카페 후배가
불러서 파주에
가 있단다.

어머,
사장님이
약속을
어기는
분이
아닌데…

요새 왜 그러는지
모르겠어. 툭하면
혼자 있고 싶다질 않나,
이렇게 펑크를
내질 않나…

혹시…

!

치매?

휴

로스팅 머신에
밤 구우면 치매라고
인정하겠지만…

고비야, 혹시 알고 있는 것 없어?

글쎄요. 저도 궁금합니다.

끼익

덜컥

연락 기다릴게요.

거절하는 게 맞을까? 아니야···. 이런 기회는 흔치 않아.

비켜요!

쒸이이이

억!

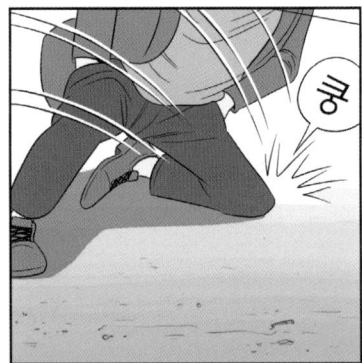

쿵

으으윽!

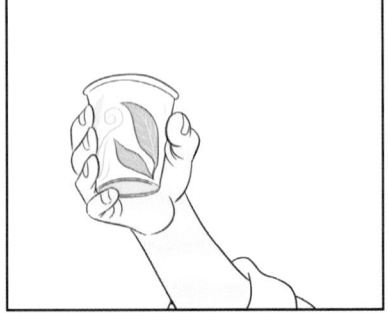

커피 한잔 하시죠.

아이구, 감사합니다.

커피 고프면 양 씨한테 얘기해요. 우리 방 커피 도우미랍니다.

자기야!

선생님!

어찌 된 거죠?

슬개골 파열입니다. 무릎뼈가 부서진 거죠.

이를 어째?

심각합니까?

그나마 십자인대는 안 끊어져서 다행입니다.

손상됐다면 회복이 어려워 평생 목발 신세를 못 면했을 겁니다.

휴~
다행이다.

그럼 금방
퇴원하는 거죠?

무릎을 수술해야
합니다. 회복까지 대략
한 달 정도 걸립니다.

어이쿠….

요새 정신을 딴 데
팔고 다니더니
결국 일을 내네.
아휴~ 속상해.

…

기이잉

사장님은
어떠세요?

오후에
수술 들어가.

그럼 2대커피는
어떡하죠?

걱정하지 마세요.
제가 있잖아요.

로스팅한 원두
떨어지면?

거래처 주문 줄이면
대략 2주 정도
버틸 수 있습니다.

그다음엔?

설마 문이야 닫겠어?
뭔가 수가 나겠지.

쏴
아
아

2대커피 없으면
작업이 안 되는데….

집에 가서 쉬지.
네가 고생이구나.

커피 생각이 간절하실 것
같아 퇴근하자마자
바로 달려왔습니다.

2대커피가
걱정이구나.

2주까지는
버틸 수
있습니다.

버틴다….

마치 무대에서
사라지기 싫은
노배우의 발악처럼
들린다.

쭈우욱

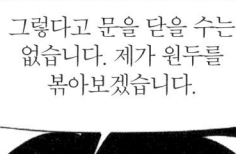

그렇다고 문을 닫을 수는 없습니다. 제가 원두를 볶아보겠습니다.

알겠다. 싱글 오리진부터 볶아보자.

카페 주인 이셨어요?

에구, 비싼 커피 드시는 양반한테 봉지 커피를 드리다니…. 부끄럽습니다.

저는 원두 커피를 팔지만 봉지 커피도 존경합니다.

우리 젊은 시절은 누구나 열심히 일하던 시대였습니다. 새벽부터 늦은 밤까지….

그때 봉지 커피 한 잔은 피곤함을 날려버리는 최고의 위로였죠.

맞아요. 그때는 봉지 커피 한 잔으로도 만족했는데 요즘은 뭐 그리 불만들이 많은지….

입이 백 개면 백 가지 얘기가 나오는 시대니까요. 우리가 지나온 시대를 강요하면 안 되죠.

맞아요! 우리 아들!

지면 안 돼요! 조금만 틈을 보이면 득달같이 달려든다고요!

또 이런다! 또… 또….

참견 말고 가만있어! 틀린 말 아니잖아!

아들한테 가게 넘겨주면 안 돼요!

끝까지 쥐고 있어야 괄시 안 받아요!

시장에서 아들 내외 데리고 조그마한 어묵 장사를 하는데 요새 젊은 애들 어휴~ 무서워요!

어른들 말은 시장 바닥의 생선 가시만도 못한가 봐요! 그나마 듣는 척하는 건 제가 아직 실권을 쥐고 있으니까 그런 겁니다!

그거 당신 오해야! 피해 의식이 심한 거라고!

정 씨네 봐! 진작에 며느리한테 가게 넘겨주고 요새는 때마다 해외여행 다니잖아! 그 아들이랑 며느리도 고맙다고 얼마나 잘해! 아들 내외는 기 살아 좋고 정 씨네는 말년에 장사 신경 안 써서 얼마나 좋아!

당신이 뭘 안다고 그래? 전화기 줘봐!

방금 전화해 놓고 또 왜?

오늘 반죽 남았으면 버리지 말고 비닐에 싸서 냉장고에 숙성 시키라고 해야지!

어련히 알아서 할까!

악!

쾅

기이잉

어서 오세요!

어… 어쩐 일이세요?

호호. 인사가
어째 이상하네요.
처음 보는
사람한테 어쩐
일이라니요?

아….
단골손님하고
똑같이
생기셔서
착각했습니다.

252

커피 열 잔
테이크아웃이요.

박석 사장님이
같은 방 환자랑 간호사들
대접한다고 해서
제가 심부름 왔어요.

쯧쯧… 결국….

우리 불쌍한
김 여사님은 아웃….

수고하세요.

소… 손님 이걸
가져가셔야죠.

혼자 고생하는데 김밥
드시라고 포장해온 거예요.
또 봐요.

기이잉

253

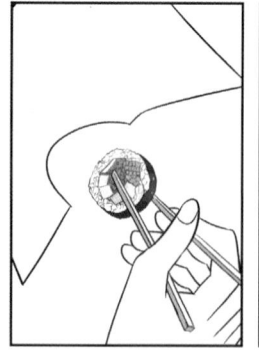

기이잉

!

앗! 늦었구나.
점심을 어떡하나 싶어서
도시락 싸서 왔는데.

말씀드려야 하나?

이건 저녁에
먹어. 응?

나는 선생님이 할 말
있다고 하셔서
가볼게.

아~
드디어 터지는구나.

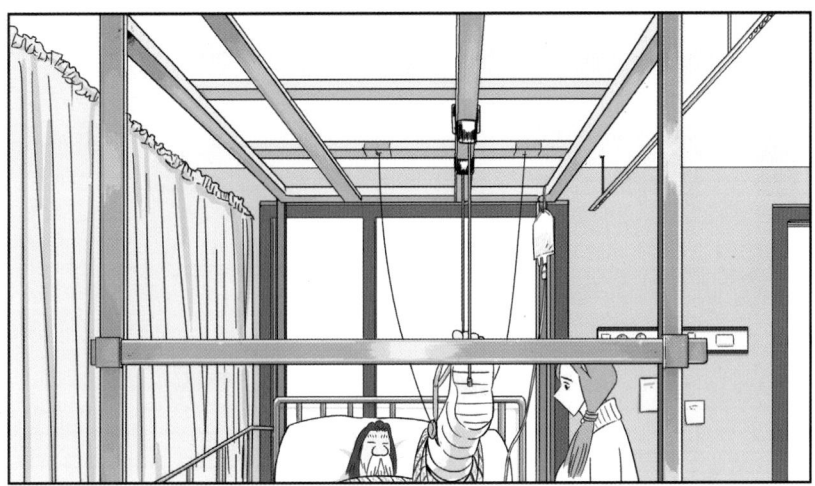

이제야 말해서
미안하오.

지금이라도
말해주니 다행이네.

어떤 결정을 내리든
존중하겠소.

말은 참 쉽게 해.

지금이 아니면
영영 떠날 수 없을 것
같아서 그래.

결정했으면 그만이지
내 대답이 뭐 중요해?

255

내가 참
뻔뻔해, 그치?

아무튼 치료나
잘 받고
이야기합시다.

아픈 사람에게
모진 얘기할 수
없잖아.

자기가 노하면
그대로 있겠소.

그나저나 고비는
알고 있어?

자기 결정을 들은 후
얘기하려고 아직….

괜히 나한테
떠넘기지 마요. 마음은
이미 결정했으면서….

고비야,
또 왔구나.

김 여사님이 커피
갖다 드리랬습니다.

몸은 좀
어떠세요?

빨리 일어나고
싶구나.

이 커피 드시면
재활 의지가
불꽃처럼 살아날
겁니다.

강고비의
싱글 오리진이라….
어디….

으음.

원두는 얼마나
남았지?

3일치
남았습니다.

커피 맛은
말씀 안 하시고….

고비야,
내 얘기를
잘 들어라.

예.

꿀꺽

이대로는 무리다!

아쉽지만 원두가 떨어지면 일단 가게 문을 닫자!

!!!

죄송합니다, 선생님. 제가 아직 많이 부족합니다.

아니다. 이 일은 자기 관리를 못 한 내 잘못이다.

그럼 재오픈 일정은 어떻게 할까요? 기다리는 손님이 많을 텐데요.

그건 조금 더 두고 보자.

그럼 저는….

그동안 너도 일에 치여 제대로 쉬지 못했으니까 휴식을 취하는 게 좋겠다.

…

…예.

선생님, 몸조리 잘하십시오.

내 말 듣길 잘했어요. 늙어 다치면 마음 약해지는데 그럴수록 곳간 열쇠를 놓지 말아야 해요.

저는 자식이 없어서 그런 것 모릅니다.

휴우~.

휴우~.

넌 또 왜 그래?

2대커피 문 닫잖아요.

가게 문 닫고
재충전할 시간
가지면 좋지, 뭘….

선생님은 절 믿고 받아주셨는데
전 2대커피를 위해서
할 수 있는 것이 없네요.

그 선생에 그 제자구나.
에휴~ 지금 제일 심각한
사람은 나라고 나!

선생님이 뭐라고
하셨어요?

그래. 무책임한
사람 같으니….

그 고집 꺾을 자신도
없고 선생님 원하는
대로 해줘야지.

결국….

전생에 무슨 죄를
지었길래 이리저리
떠도는지 모르겠다.
고비도 마음 준비
단단히 해.

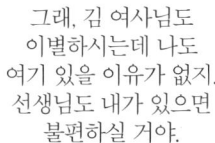
그래, 김 여사님도 이별하시는데 나도 여기 있을 이유가 없지. 선생님도 내가 있으면 불편하실 거야.

철컥

어? 오늘 안 열어요?

예. 당분간요.

그동안 고마웠다.

아저씨는?

!!!!

집에 갔다가 소식 듣고 바로 나왔어!

오늘 완전히 귀국하는 날이잖아!

가가가가원아!

샥

마침 병원 가는 길인데 잘 됐다! 가자.

뭐 이래? 나 보니까 반갑지 않아?

??

이래야지!

!!

읍! 읍! 사람들이 본다!

보면 어때!

쫍

쫍

짭

선생님,
저 왔어요!

!

!

!

가원이구나.

제가 얼마나
걱정했는지
아세요?

치료 속도가
빨라서 곧
퇴원하니까
괜찮아.

드디어 결론이 났네요.

제가 속이 다 후련합니다.

그동안 갈팡질팡해서 미안합니다.

잘 부탁드립니다.

걱정하지 마세요. 바로 진행하도록 할 테니까요.

잘했어, 자기.

고마워. 자기 덕분에 가능한 결정이었어.

두 분 너무 보기 좋아요.

어휴⋯. 분위기 파악 못 하고~.

고비야, 네게 들려줄 말이 있다.

사표에, 두 분 결별에… 오늘 정말 일진 사납구나.

예? 로스팅 룸과 자택을 파주로 옮기신다고요?

오랜 시간 많은 고민을 했다. 이번에 사고가 난 것도 내 체력 때문이야. 한마디로 내가 늙은 거지.

체력이 떨어지니 집중력도 형편없어져서 바와 로스팅 둘 다는 무리라는 결론을 내렸다.

그동안 내 젊음을 바친 공간을 떠난다는 것이 힘들어서 쉽게 결정을 내리지 못했던 거다.

선생님이 안 계시는 2대커피는
상상할 수 없어요!

네가 있잖아.
강고비의 2대커피라면
난 미련 없이 파주로
들어가 로스팅에
전념할 수 있을 것 같다.

나도 파주로
이사하기로 했어.

김 여사는 내 인생의
동반자이고, 강고비는
내 커피의 동반자이다.

강고비, 잘 부탁한다.
이제부터는
너희들의 시대다!

가원아!

미나 언니!

왜 울어?

흑흑….

고비 오빠가
2대커피의 2대
경영자로 등극하는
순간입니다!

오!

우와!

그럼 난 파주로
이사 안 가도
되는 거야?

여사님은 알고
계셨어요?

그럼~.
이 미인
중개사에게
들었다.

예? 그럼….
죄송합니다.
그런 줄 모르고….

쉬는 동안 차기 2대커피에 대한 구상을 해봐라!

커피 빼고 다 바꿔도 된다!

감사합니다. 선생님! 열심히 하겠습니다!

울보 강고비.

자꾸 울면 난 진짜 빵하고 결혼할 거다.

그럼 나는 커피랑 결혼하지.

놀고있네

2대커피에서 가원이 빵을 팔아보는 게 어때?

그 생각도 하고 있었습니다.

오! 사업자 등록 해야겠다!

"커피 한 잔에 40년의 추억이 담겨 있다"는
터키 속담이 있다.
함께 마시는 커피 한 잔은 40년의 인연을
시작하는 중요한 순간이다.

그동안 애독해주신 독자 여러분께 감사드립니다.
맛있고 의미 있는 커피, 많이 드시기 바랍니다.

- 허영만, 이호준 -

〈커피 한잔 할까요?〉의
작업실을 공개합니다.

51화
〈그대, 커피〉 취재일기

《열아홉 바리스타, 이야기를 로스팅하다》의 저자 조원진 작가와의 첫 만남에서 그의 앳된 외모에 적지 않게 놀랐다. 소위 '잘나간다'는 카페 열아홉 곳을 엮은 섭외 능력과 노련미가 물씬 풍기는 취재력, 세심하고 진솔한 필체에 적어도 40대 중후반은 됐을 거라고 예상했기 때문이다. 커피와 무관한 직장을 다니면서 폭넓은 스펙트럼을 보여준 근간은 중학생 시절 인연을 맺은 커피에 대한 순수한 열정과 오랜 세월 커피업계 종사자들과 지속적으로 소통하며 쌓아온 신뢰였다.

작품에 대한 수많은 영감을 받았던 조 작가와의 짧은 만남을 뒤로 하고 돌아오는 길, 아직 비평이라는 개념이 낯선 커피업계에서 그가 펼칠 활약과 성과를 상상하니 사뭇 흥분이 되었다. 조원진 작가의 나이는 이제 겨우 스물아홉이다.

'큐그레이더'란 전미스페셜티커피협회(SCAA)에서 발급하는 자격증이다. 우리말로 하면 '커피 감별사' 또는 '커피 품질 관리사'로, 산지별 생두의 특성을 인지하고 맛과 향을 명확하게 구별하는 자격을 뜻한다. '커핑 전문가'이기도 한 이들은 생두의 품질을 평가하고 이를 바탕으로 가치를 결정한다. 특히 최근 스페셜티 커피의 출현과 유행에 꽤나 관련이 깊은 자격증이다. 다만 자격증을 가진다고 모두 동일한 수준의 능력을 보유한다고 볼 수는 없다. 일례로 생두의 가치를 결정하는 능력은 극소수만 인정받고 있다.

큐그레이더 자격증은 카페나 커피의 수준을 가늠하는 절대 기준이 아니며, 바리스타 자격증과 마찬가지로 카페 운영을 위한 필수 조건은 더더욱 아니다.

다음 사진은 큐그레이더 자격증과 에피소드에 나온 호리구치 씨다.

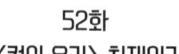

52화
〈컵의 온기〉 취재일기

커피는 꽤나 감성적인 음료여서 상황이나 분위기에 따라 그 맛이 변한다. 특히 야외에서 마시는 커피는 다른 어떤 상황에서보다 극적인 변화를 줄 수 있다.

야외라면 산책도 좋지만, 캠핑을 빼놓을 수 없다. 몇 해 전 초겨울, 지인을 쫓아가 캠핑을 한 적이 있다. 하룻밤을 보낸 후 새벽녘의 잔 기운이 남아 있는 모닥불 곁에 앉아 따스한 온기를 느끼며 마셨던 커피 한 잔의 여운은 감동 그 자체였다. 여름이었다면 선선한 공기와 함께 아침 안개가 옅게 드리운 숲을 바라보며 마시는 커피 한 잔 또한 일품이었을 것이다.

평소 등산이나 간소한 장비로 떠나는 비박을 즐기기에 본격적인 캠핑 취재는 SBS Plus의 옥근태 PD의 도움을 받았다. 평소 캠핑 마니아를 자처하는 그는 커피 장비 또한 다양하게 구비하고 있었다. 이런저런 도구로 내린 커피를 홀짝홀짝 마시며 오랜만에 취재를 빙자하여 캠핑의 낭만을 만끽했다. 때론 이런 모습이 극성으로 보여 거부감이 들 수도 있겠으나 캠핑에서의 커피 한 잔이 주는 만족감을 생각한다면 타인의 시선은 문제가 되지 않는다.

53화
〈커피 트럭 풍만〉 취재일기

이담 씨는 자신의 커피 방랑을 '바람, 커피로드'라고 부른다. 그의 길에는 늘 '풍만'이가 함께 한다. '풍만'이는 커피 트럭의 이름이다. 특별한 목적지는 없다. 마음 내키는 대로, 바람 부는 대로 때로는 그리운 사람을 찾아 로스팅을 하고 커피를 내린다.

그에게 '바람, 커피로드'는 커피로 배를 채우는 수단이 아니라 마음을 채우는 과정이면서, 세상 구경이고, 인생 공부다. 커피가 그와 세상을 연결하는 매개체인 셈이다. 물론 행사 섭외도 마다하지 않고, 마음 맞는 친구를 만나면 풍만이를 쉬게 하면서 한동안 커피를 떠나 풍류를 즐기기도 한다. 그러다 찬바람 부는 겨울이면 동면을 위해 제주도로 향한다. 겨울에도 커피를 내리지만, 길 위에서 보내는 것은 아니니 동면과 같은 시간이다. 육지의 따스한 바람이 바다를 넘어오면 이담 씨는 다시 풍만이와 떠날 채비를 한다.

제주도와의 인연은 2003년으로 거슬러 올라간다. 2000년 벤처 열풍이 불던 당시 회사를 차렸으나 여러 사정으로 문을 닫고 2003년, 상처를 치유하기 위해 제주도에 아예 눌러 앉았다. 그때 '바람'이라는 작은 카페를 열었고, 유명세를 타기도 했다. 10년 동안 제주도에서 안주하다 새로운 여행을 자처했고, 2013년부터 풍만이와 함께한 지 올해로 5년 차에 접어들었다.

혹시 길을 가다 그를 만나면 인사보다 커피 한 잔 청할 생각이다. 길 위에 새겨진 그의 사연과 낭만이 담긴 그 커피 한 잔이라면 애써 묻지 않아도 그간의 이야기를 알 수 있기에….

이담 씨의 배려로 화실 앞에서 편히 취재할 수 있었다. 풍만이가 자리를 잡고 이담 씨가 능숙한 솜씨로 커피를 내리자 조용했던 동네가 노천카페로 변했다. 여러모로 독특한 커피 경험이었다.

54화
〈주말 풍경〉 취재일기

카페는 커피를 파는 공간만은 아니다. 카페는 역사적으로 음식과 디저트 등 다양한 식음료를 제공했다. 위스키 등의 주류도 물론이다. 이 경향은 최근까지 이어지고 있고 낮에는 커피숍, 저녁에는 바(bar)로 변신하는 카페까지 등장하고 있다.

커피 한 잔으로도 더할 나위 없이 좋지만, 빵과 케이크 등의 가벼운 먹거리를 함께하면 그 맛이 더욱 좋아진다. 이런 모습을 보며 카페인지 제과점인지 모르겠다고 불편한 시선을 보내는 커피 마니아들도 있지만 각자 취향에 맞는 곳을 찾으면 될 일이다. 쌉싸름한 커피 한 잔과 달콤한 먹거리의 유혹은 카페만의 특권이며, 카페의 원래 모습이기도 하다.

크루아상 재연은 프릳츠의 멤버 허민수 파티시에의 도움을 받았다. 카페에서 커피와 빵 또는 디저트를 내는 것은 흔히 볼 수 있는 일이나, 허 파티시에는 조금 특별한 케이스다. 다름 아닌 그가 서교동 일대에서 명성이 자자했던 '오븐과 주전자'의 대표였기 때문이다. 그가 잘나가는 가게를 접고 프릳츠와 하나가 되었을 때 많은 이들이 의문을 가졌다. 그러나 지금은 드림팀의 결성이라는 평가를 받고 있다. 그의 합류로 카페는 완전체가 되었고 허 파티시에는 평생의 든든한 동지를 얻었다. 종종 바리스타들이 "프릳츠는 빵집"이라고 농담을 하는데, 그에 걸맞게 허 파티시에의 빵은 유명한 프릳츠 커피에 전혀 주눅 들지 않는다. 최고와 최고가 만나 극상의 조화에 이룰 뿐이다.

다른 말은 필요 없다. 먹어보면 안다. 특히 주말의 늦은 오전이라면 그 행복감이 더하다.

55화
〈비엔나커피〉 취재일기

네덜란드의 '더치커피'가 그렇듯, '비엔나커피' 역시 오스트리아에서는 아는 사람이 없다. 오스트리아에서 농후한 크림이 얹어진 오리지널 비엔나커피를 우아하게 마시고 싶다면 '아인슈패너'를 주문해야 한다. 참고로 멜랑쉬(또는 멜랑주)는 휘핑크림이 아닌 우유 거품을 올린 커피다.

아인슈패너는 마차의 마부가 설탕을 젓지 않아도 한 손을 이용해 마실 수 있도록 고안한 것이 그 유래라고 한다. 국내에서 비엔나커피라 불린 이유는 명확하지 않으나, 80년대 후반과 90년대 초반 대학생들 사이에서 유행한 커피인 것만은 확실하다. 크림과 설탕을 타서 마시던 블랙커피가 카페 메뉴의 대부분이었던 당시, 비엔나커피는 젊은이들 사이에서 고급스럽고 세련된 커피로 인기가 있었다. 특히 미팅이나 데이트에서 관심도를 표현할 정도로 상징성 역시 대단했다. 이후 외국의 유명 커피 체인점의 진출과 메뉴의 다양화, 크림에 대한 부정적 인식으로 인해 인기가 시들해졌으나 최근 모 케이블 채널의 드라마 덕분에 복고 열풍을 타고 다시 각광받고 있다.

'밀로커피 로스터스(millo coffee roasters)'는 지난 20여 년간 고집스럽게 한 우물만 파온 황동구 대표의 개성이 고스란히 밴 카페다. 황 대표의 농익은 로스팅과 절제된 추출로 탄생한 커피는 젊음과 유행의 홍대 거리에서 흔들림 없는 성원과 변하지 않는 사랑을 받고 있다. 대표메뉴인 몽블랑도 마찬가지다. 휘핑크림을 얹은 모습이, 젊은 시절 선망의 대상이었던 몽블랑을 연상시킨다고 해서 비엔나커피 대신 붙인 이름이다. 황 대표의 묵직한 커피와 간결한 단맛이 압권인 휘핑크림이 입 안에 퍼지는 순간 만년설로 가득한 몽블랑의 장엄한 풍경이 머리에 그려진다. 드라이 카푸치노와 드립 커피 역시 추천 메뉴다. 참고로 에피소드의 내용은 황동구 대표와 무관한 이야기다.

56화
〈에어로프레스〉 취재일기

추출 전문 카페란 타 카페나 로스팅 전문 업체의 원두를 사용해 다양한 커피 메뉴를 선보이는 매장이다. 해외에서는 지극히 일반적인 매장의 한 형태이지만 국내에서는 커피 전문점 하면 로스팅을 먼저 연상하는 탓에 입지가 좁은 게 현실이다. 이런 선입견에도 불구하고 추출 전문점은 진정한 커피의 매력을 느끼기에 부족함이 없다. 이미 검증된 유명 카페의 원두를 사용하고, 그 원두를 알아보는 바리스타의 실력 또한 출중하다는 반증이니 말이다.

'레이브 에스프레소 바(rave espresso bar)'가 바로 그런 곳이다. 캐나다와 호주의 유명 카페와 국내 카페 '뎀셀브즈'에서 실력을 닦은 노철상 바리스타와 폴바셋에서 활약한 송기석 바리스타가 의기투합하여 만든 공간으로, 맛과 분위기에서 한국적 추출 전문점의 지향점을 엿볼 수 있다. 현재 싱글 오리진은 '썸띵 에스프레소(Something espresso)', 에스프레소는 '펠트(Felt)'의 원두를 사용하고 있으며, 조만간 다른 원두도 취급할 예정이라고 한다.

에어로프레스 관련한 정보와 다양한 추출 자세는 송기석 바리스타의 협조와 기지로 연재에 응용할 수 있었다. 그는 '제1회 에어로프레스 챔피언십' 3위 경력의 소유자이기도 하다.

'플랫 화이트'는 호주에서 시작된 베리에이션 메뉴다. 일각에서는 뉴질랜드에서 시작됐다는 말도 있지만 명확한 근거가 없어서 대개 두 나라를 플랫 화이트의 고향이라 통칭한다. 플랫 화이트는 라테, 카푸치노와 마찬가지로 에스프레소 기반의 메뉴다.

최근 인기 메뉴로 각광받고 있는 반면 기존 라테, 카푸치노와 별다른 차이점이 없다는 볼멘소리도 들린다. 이 메뉴를 구별하는 각자 쉬운 방법은 우유와 거품의 양이다. 맛의 특징으로 보자면 카푸치노는 풍부한 거품을 즐기는 메뉴고, 플랫 화이트는 우유와 거품 양이 적어 커피 고유의 맛과 향이 더 짙은 메뉴다. 라테는 커피와 우유 그리고 거품의 조화가 가장 좋다. 참고로 카페오레는 프렌치프레스로 내린 커피와 데운 우유를 섞어 마신다.

57화
〈커피나무〉취재일기

커피의 폭발적인 인기에 힘입어 국내 커피나무의 재배도 증가하고 있다. 예전에는 극소수가 관상용이나 취미로 접근했으나, 최근에는 제주와 일부 남쪽 지방에서의 대규모 재배가 이루어져 관심을 끌고 있다. 그러나 커피의 맛과 향 면에서 보자면 국내에서 생산된 생두는 품질과 가치가 그리 높은 수준은 아니다. 환경과 기온 등 여러 요건이 커피나무 재배에 적합하지 않기 때문이다. 특히 겨울의 추위는 커피나무에 치명적이며, 이를 극복하기 위해 온실 재배는 필수다. 여러 요인을 종합해보면 국내 커피나무의 재배는 경제적인 효과보다 상징적인 측면에서 바라보는 것이 합리적이다. 해당 지역에서 생두를 부각시키기보다 커피나무를 앞세워 관련 축제를 개최하는 것도 같은 이유에서일 것이다.

에피소드에 소개된 커피나무는 대전 로스터리 카페 '톨드어스토리'의 김건표 대표의 부모님 자택 베란다에 실존하는 나무다. '톨드어스토리' 취재 중 커피나무에 대한 이야기를 듣고, 이후 호기심에 댁까지 방문했던 기억이 난다. 일반 가정에서는 보기 힘든, 무럭무럭 자란 커피나무에 감탄하며 비법을 여쭤보니 '자기가 알아서 잘 컸다'는 무심한 대답이 돌아왔다.

천천히 시간을 두고 이런저런 질문을 하려다 화목한 분위기와 업계에서 소문난 김건표 대표의 뚝심과 생명력도 이와 다르지 않다는 생각이 들어 고개를 끄덕였다. 올해는 열매도 열린다고 하니 그 결실을 맛보러 갈 참이다.

58화
〈커피 리필〉 취재일기

《일본의 맛 규슈를 먹다》를 쓴 박상현 작가는 이호준 스토리 작가의 동료이자 친구다. 5년 전 어묵 취재원으로 만나 호의적인 관계를 이어오고 있는데, 작품에서만큼은 악연 아닌 악연을 맺고 있다. 《식객》 시즌 2의 마지막 에피소드 때만 해도 "대가의 연재를 종결한 사람"이라는 그의 농담을 설마하고 넘겼으나 《커피 한잔 할까요?》의 마지막 에피소드 주인공 역시 공교롭게 박 작가의 몫으로 돌아갔기 때문이다.

마지막 원고를 넘긴 후 전화를 걸어 사정을 말했더니 혹시 의도적인 배치가 아니냐며 그 역시 믿지 못하는 눈치였다. 에피소드에서 박석이 당한 부상은 박 작가가 당한 부상과 동일하고, 병원 배경 촬영 역시 그가 입원했을 때 촬영한 것으로 우연이라고 하기에는 난감할 정도였다. 박상현 작가와의 악연이 앞으로도 이어질지는 다음 작품에서 다시 확인할 예정이다.

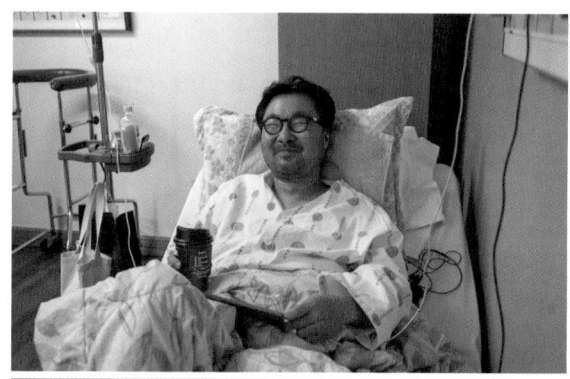

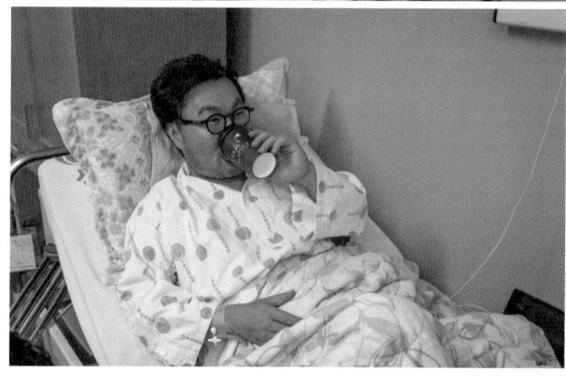

58화를 마지막으로, 《커피 한잔 할까요?》의 2년여의 여정이 막을 내렸다. 돌이켜보면 새로운 도전이라는 긴장과 예민함, 독자 반응에 대한 의구심과 압박감에 녹초가 되기 일쑤였다. 이런 불안한 상태를 극복하기 위해 마음을 다잡으며 취재에 열중했고, 엄청난 양의 커피를 마시는 날도 적지 않았다. 연재 이후 독자들의 진심 어린 반응과 따스한 격려에 고무되어 《식객》을 연재할 때와는 또 다른 감동으로 연재를 즐겼다. 이 모든 변화의 시작과 성과는 독자들의 변함없는 성원과 응원 그리고 사랑이 있었기에 가능했다. 더불어 커피 문외한이었음에도 아낌없는 협조를 보내 준 취재원들께도 감사의 마음을 남긴다. 이제 잠시 가족 곁에서 휴식을 취하며 새로운 여정을 준비할 예정이다.

이 말하를 그리면서 평생 마시지 않고
떨리하즐 알았고 커피를 받는으
마때 되었습니다.
아침에 오는 졸음을 따라천수있어 특히
좋았습니다.
그동안 애독하여주셔서 감사합니다.
2017년 3월 수채 화실에서

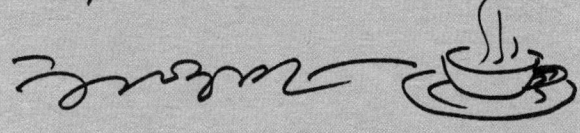

도구주 잘 볶은 원두와 정성스런 추출로
받는 커피 한잔과도 같은 작품입니다.
그동안의 성원에 감사드립니다.

커피 한잔의 여유가 늘 함께하길 바랍니다. ♡

2017년 3월 연남동 작업실에서...

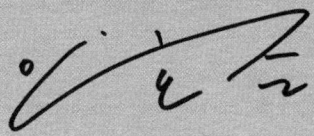

허영만의 커피한잔 할까요?

초판 1쇄 발행 2017년 3월 30일 초판 10쇄 발행 2023년 8월 25일

지은이 허영만 글 이호준
펴낸이 이승현

편집1 본부장 한수미
와이즈 팀장 장보라
디자인 조은덕

펴낸곳 ㈜위즈덤하우스 출판등록 2000년 5월 23일 제13-1071호
주소 서울특별시 마포구 양화로 19 합정오피스빌딩 17층
전화 02) 2179-5600 홈페이지 www.wisdomhouse.co.kr

ISBN 978-89-5913-494-6 [04810]
　　　 978-89-5913-917-0 (세트)